13 КОРОТКИХ ІСТОРІЙ

Cathy McGough

Stratford Living Publishing

ЩО КАЖУТЬ ЧИТАЧІ...

КУЛЬБАБОВЕ ВИНО

США

«Кульбабове вино» - гарна короткометражка, хоча епілог змусив мене трохи засмутитися від того, як все змінюється. Було приємно ненадовго зазирнути в часи, коли все було по-іншому.

«Коротка, мила історія про просте життя в адилічному літньому дні».

НАЙЯСКРАВІША ЗІРКА

«Кохання ніколи не підводить. У цьому короткому оповіданні підсумовано життя кохання Лінди та Вільяма. Історія розчарувань і боротьби, в той час як вони пронесли кохання крізь усе це».

ОДКРОВЕННЯ МАРГАРЕТ

Канада

«Я почала читати цю повість за кілька хвилин після того, як купила її, і як тільки я почала, я повинна була закінчити. Мені дуже сподобалася ця історія. Вона добре написана, і ви не могли не співпереживати головній героїні. А несподіванка в кінці змусила мою щелепу відвисати».

ДАРРІЛ І Я

США

«Моторошно. Коротка гірко-солодка історія про трагедію жінки та її спробу впоратися з нею під час вагітності».

ВЕЛИКОБРИТАНІЯ

«Чудова історія. Чудові емоції. Я дуже співчуваю Кет і Деррілу».

ПАРАСОЛЬКА І ВІТЕР

США

«Найсучасніша та найактуальніша наукова фантастика. Коротке гарне чтиво».

«Автор розгортає фантастичну науково-фантастичну історію, в якій з'являються небезпечний вітер, літаюча парасолька, зелена пляшка, що крутиться, та багато іншого. Коротке оповідання зі стрімким розвитком подій».

Індія

«Яка захоплююча поїздка! Потік супершвидкий, а стиль написання послідовний і плавний. Чомусь це нагадало мені Джерома К. Джерома і «Трьох чоловіків у човні».»

ВЕЛИКОБРИТАНІЯ

«Мати поганих вихідних зустрічає прибульця. Написана з сухим дотепністю, це химерна історія про інопланетний масивний зелений об'єкт, парасольки та зброю. Надзвичайно фантастична, якщо не сказати божевільна історія, яка захопить вас до останньої сторінки. Вищий бал за творчу уяву, Cathy McGough. Може змусити вас сміятися вголос і розлити каву».

СМЕРТЬ БАЖАННЯ

США

«Я прочитав це за півгодини вчора ввечері після того, як ліг спати. Мені стало сумно за цього чоловіка, який відчував, що його життя не має сенсу. McGough підводить читача до самого краю, і навіть коли він перейшов точку неповернення, ви не знаєте, чим усе закінчиться. Чудова історія для читання під час обіду або кава-брейку».

«Мені сподобався творчий підхід Cathy McGough до створення короткої новели на 20 сторінок з великим життєвим досвідом одного чоловіка, який не міг знайти свою життєву мету».

«Ця книга вже давно лежала в моїй книгозбірні, але коли я нарешті вирішив її прочитати, то не відкладав її, поки не дочитав до кінця. Незважаючи на те, що книга дуже коротка, сюжет і персонажі повністю розкриті. Дуже сподобалося».

«Читається як епізод з «Казок зі склепу» або «Сутінкової зони».

«Мені дуже сподобалося, і поки я читав, я запитував: ЧОМУ? Коли я дізнався, я жахнувся, такі речі - мій найгірший кошмар».

США ТА ВЕЛИКОБРИТАНІЯ.

«Автор вміло використовує внутрішній монолог героя, щоб розкрити його життя і рішення, над яким він б'ється. Захопила мене до самого кінця. Ця майстерно розказана історія - дуже цікаве чтиво, і я дуже рекомендую її».

Зміст

Присвята

ДЛЯ ДІАННИ

Передмова

Шановні читачі,

До цієї збірки оповідань увійшли шість улюблених оповідань моїх читачів, а також сім нових оповідань, які я написав під час пандемії.

Кажуть, що «геть старе, та назустріч новому», але я кажу, що давайте подивимось на все як на долоні.

Як завжди, приємного читання!

Cathy

КУЛЬБАБОВЕ ВИНО

Це був 1967 рік, і літо майже закінчилося, коли я тягнув свій розхитаний червоний візок тупиковою дорогою, вкритою галькою. Стукіт коліс мого візка був знайомим звуком для людей на нашому маршруті.

«Гарний день для прогулянки», - сказав би я.

«Це точно. І вам гарного дня», - відповідали вони.

Якщо нам з подругою Сандрою щастило, нам приносили крижану воду, колу або лимонад. Хоча ми не жили поруч, більшість ставилися до нас доброзичливо. Більшість, але не всі власники будинків.

«Не будь шкідником», - завжди казав мені тато, і я не був таким. Я завжди займався своїми справами. Я не займався дрібницями і не намагався привернути до себе увагу. Що я могла вдіяти, якщо скрипіли колеса?

Я була цілеспрямованою дівчинкою, тому мені було байдуже, що в мене боліли руки, хоча я хотіла, щоб вони росли швидше. Не мало значення, коли віз перекидався на вибоїні або коли котився в кювет.

Проте, божевільна жінка в одному з будинків не сходила мені з голови. Я боялася проходити повз її будинок наодинці.

Під час інших візитів вона кричала на нас за те, що ми нічого не робили. Або лаялася на нас. Одного разу вона навіть вигнала свого пса, який пускав слину і гавкав. Шавка захищала дорогу так, ніби це була частина її власності. Я подивилася на дах, де на вітрі майорів старий канадський прапор. Дехто казав, що вона відмовилася вивішувати новий прапор з великим кленовим листком. Вона та її собака викликали у мене мурашки по шкірі.

Моє дихання прискорилося, коли я наблизився до страшного будинку. Оскільки це була тупикова вулиця, у мене не було іншого вибору, окрім як пройти повз. Я зупинився і озирнувся, щоб подивитися, чи не йде Сандра. Її ніде не було видно.

Тоді я згадав, що бабусина щаслива кроляча лапка була в моїй кишені. Це додало мені сміливості. Я потягнув візок обома руками і поспішив далі.

Я знав, що стара леді МакҐвайр була там. Мені не треба було її бачити. Я відчувала її. У будинку ліворуч, за шторами. Шпилить на мене лихим оком. Вона ненавиділа дітей, всіх дітей.

Через кілька будинків я мало не спіткнувся об шнурок. Я вирівняв візок, перш ніж присісти навпочіпки, щоб зав'язати його. Озирнувшись через плече, я побачила, що штори сіпнулися. Тепер це не мало значення. Я був поза зоною досяжності її злого ока.

«Гей, зачекай! Зачекай!» Звук голосу моєї подруги супроводжував її босоніжки, що ступали по кам'янистій дорозі. Нарешті, моя найкраща подруга прийшла. Сандра завжди і всюди запізнювалася.

Я повернулася в її бік і побачила, як вона пробігла повз будинок старої леді Макгуайр. Коли вона добігла до мене, то була захекана. Ми впали в обійми одна одній. Ми обоє благополучно пройшли повз будинок старої відьми.

«Давно пора!» сказала я трохи нетерпляче, коли ми розійшлися.

«Вибач, у мене були справи по господарству, а мама була налаштована розчесати мені волосся. Вона сказала, що я публічна ганьба!»

«У тебе гарна сукня», - сказала я, звертаючи увагу на складки і бантики, що прикрашали дві передні кишені. Вона була гарною, але зовсім не підходила для збирання фруктів.

Сандра вхопилася однією рукою за ручку візка, а іншою притиснула до себе передню частину сукні. «Ненавиджу рожевий», - сказала вона.

Її рука поруч з моєю ідеально лягла, і ми змогли легко тягнути візок пліч-о-пліч.

«Мама змусила мене пообіцяти, що по дорозі додому я зупинюся в крамниці на розі і куплю буханку хліба». Вона полізла в кишеню: «Бачиш, вона дала мені двадцять чотири центи плюс п'ять центів, щоб ми могли розділити бананове морозиво».

«О, це те, на що я чекаю з нетерпінням». Банан був нашим улюбленим смаком.

Ми продовжували йти. Десь позаду нас загавкав собака.

«Щоб отримати гроші на ескімо, я мусила вдягнути цю дурнувату сукню.»

«Вона не дурна», - збрехала я, мріючи про власну гарну сукню, яку я могла б носити в нецерковний день. З двома братами, сестрою і ще одним немовлям на підході, навряд чи я зможу придбати нову сукню найближчим часом.

Сандра прошепотіла: «Ти її бачила?» Я знала, що вона має на увазі стару леді Макгуайр. «Ти відчувала на собі її лихе око сьогодні?»

«Ні, бо я схрестила пальці і очі». Я збрехала.

«Гарна думка», - сказала вона, перекладаючи більшу частину ваги на свій бік, і запитала: »Хочеш, я візьму на себе і потягну трохи?»

«Ні, ти можеш забруднити свою сукню». Сандра хихикнула. «Удвох веселіше», - сказала я, поки ми прогулювалися повз будинок містера Холідея, а потім повз будинок містера і місіс Оттер.

Майже на місці призначення ми замовкли. Як найкращі друзі, ми не повинні були весь час розмовляти. Мета нашої подорожі була спільною і залежала від кущів *чорної смородини міс Вірджинії Мартін. Якщо смородини було багато, вона могла дозволити нам поділитися. Якби врожай був мізерним, наша подорож знову була б марною.

«Я не можу дочекатися, щоб побачити, скільки там фруктів», - сказала я.

«У мене таке відчуття, що нам пощастить», - сказала Сандра.

Ми зупинилися і подивилися на будинок пані Вірджинії. Палісадник завжди був бездоганним, наче вітер знав, що треба здувати сміття та листя, щоб вони не зіпсували її гарний газон.

З дитинства я завжди шукала в будинках привітні обличчя. Мама казала, що це звичка, з якої я з часом виросту.

Будинок пані Вірджинії мав незвичайне, але добре обличчя з двома круглими вікнами вгорі. Коли жалюзі були опущені наполовину або до кінця, вони виглядали як повіки. Ця особливість відрізняла його від усіх інших будинків, які я бачила.

Між очима ріс ніс. Ніс з цегли. Різниця полягала в тому, що ці цеглини стояли догори, тоді як решта цеглин були покладені набік. У мене аж мороз по шкірі пішов, наче будівельник знав, що робить ніс спеціально для мене. Я знаю, що це, напевно, звучить безглуздо.

Потім на рот внизу, який був створений подвійними дверима. Вітражне вікно вгорі робило його схожим на ряд зубів з брекетами.

Мені подобалося стояти і дивитися на будинок, тому що це було також місце, де процвітала природа. Я сміявся, згадуючи, як буйно розрісся плющ, і іноді здавалося, що будинок має вуса чи бороду.

Я помітив, що Сандра наспівує « Пенні Лейн». Вона завжди наспівувала, коли їй було нудно. «Бітлз " були непогані, але я віддавав перевагу "Стоунз».

Сандра прибрала світле волосся з обличчя, мухи дзижчали навколо неї, наче її піт був запрошенням до рою.

Я відпустила візок і стала навшпиньки, щоб зазирнути через паркан. Я сподівався, що цього разу я достатньо високий, але не пощастило. Сандра спробувала, бо вона була трохи вища, але теж не змогла перелізти через паркан. Я тримав вагон стійко, поки Сандра залізла і спробувала зазирнути, але навіть це не допомогло.

«Думаю, нам краще просто піднятися туди і запитати», - сказала Сандра.

«Справедливо.»

Ми заїхали на галявину перед будинком пані Вірджинії і припаркувалися, а потім пішли вгору по довгій під'їзній дорозі, яка була встелена квітами. Соняшники кивали головами, вклоняючись нам, наче ми були членами королівської родини, що проїжджали серед них. Кілька кульбаб боролися в тіні свого двоюрідного брата.

«Пам'ятаєш, як мій тато дав нам спробувати вино з кульбаб, яке він зробив?»

«Це була найжахливіша річ, яку я коли-небудь куштувала», - сказала Сандра.

«Я знаю, але ти все одно не повинна була його випльовувати». Ми розсміялися, згадуючи, як вино забризкало татову сорочку. «Тато подумав, що ти був дуже грубим».

«Я не хотіла.» Вона подивилася на свої ноги. «А знаєш що? Ми могли б попросити соняшники і продати їх».

«Вони гарні, але давай дотримуватися плану. Пані Сміт сказала, що заплатить нам два чверті (п'ятдесят центів) за стільки чорної смородини, скільки ми зможемо принести, тож у нас вже є покупець. Ми не знаємо нікого, хто б хотів соняшник».

«Я просто подумав, що комусь може знадобитися насіння. Але добре».

Я подивився на свого друга і вирішив більше нічого не говорити з цього приводу.

Внизу сходів ми зібралися з думками. З досвіду ми знали, що важливо не те, що ми говоримо, а те, як ми це говоримо.

Минулого разу ми зазнали невдачі. Міс Вірджинія сказала, що чорна смородина ще не готова. Вона сказала, як їй не терпиться створити нові рецепти для щорічного осіннього ярмарку.

Міс Вірджинія була відомою в нашому окрузі, вона виграла багато золотих медалей за рецепти страв з чорної смородини. Її фото часто публікували в місцевій газеті, іноді навіть на першій шпальті.

Отже, тримати фрукти для себе було її правом, але ділитися ними - це те, на чому тримається весь світ. Ми сподівалися переконати її виділити нам частину чорної смородини.

Того разу на наших обличчях, мабуть, відбилося розчарування, бо міс Вірджинія запропонувала нам допомогти їй збирати яблука та груші. Вона запропонувала заплатити нам по десять центів, але цього було недостатньо, щоб ми отримали те, що хотіли. Ми подякували їй за добру і щедру пропозицію, але відмовилися.

«А якщо вона відмовиться?» запитала Сандра, здригнувшись, дивлячись мені в очі.

Я простягнула руку і торкнулася довгих світлих пасом моєї подруги, а потім трохи потягнула за пасмо. «Ходімо, давай дізнаємося».

Сандра кинулася бігти, але я вчасно її наздогнала і промовила слова «DECORUM», на що Сандра відповіла: «Га?». «Повільніше, - прошепотіла я. - Пам'ятай, що ми молоді дівчата. «Пам'ятай, що ми дівчата».

Ми хихикнули. Сандра знову розгладила передню частину своєї сукні.

Я вийняв руки з кишень і потягнувся до каблучки. Перш ніж я доторкнувся до неї, міс Вірджинія відчинила двері. Вона посміхалася, не тільки ротом, але й очима. Вона була рада нас бачити, це був добрий знак.

«Хто у нас тут цього чудового ранку?» - запитала вона, добре знаючи, хто у неї вдома, бо ми з Сандрою поверталися сюди все літо. Ми піднімалися на її ґанок не один десяток разів, запитуючи про чорну смородину.

«Це ми, я і Сандра», - казав я, і ми вдвох робили реверанс. Це була наша найкраща спроба зробити реверанс, хоча справжня королева Англії, можливо, так би не подумала. Міс Вірджинія зааплодувала.

«Так, так», - сказала міс Вірджинія, оглядаючи нас з ніг до голови. Сандру в її гарній рожевій сукні і мене в моєму комбінезоні. «Хіба ви двоє не виглядаєте...» Вона завагалася. «Ви, дівчата, нагадуєте мені...» Вона зробила паузу, її слова і вираз обличчя застигли. Її очі стали сумними, лише на секунду. Вона посміхнулася. «Ви двоє виглядаєте як на фото, насправді, я б хотіла зробити фото, якщо ви не заперечуєте?»

Від того, як вона змінила радість на смуток, а потім знову на радість, у мене заболів живіт. Я подивився на Сандру, і ми погодилися. Пані Вірджинія запросила нас зайти всередину і почекати, поки вона підготує камеру. В іншій кімнаті ми чули, як вона відкриває і закриває шухляди.

«Я хвилююся за візок», - прошепотіла Сандра.

Я відступила назад і виглянула у вікно. «Усе гаразд». Після цього я не спускав очей з візка, бо не хотів, щоб він знову зник.

Як тоді, коли ми зайшли всередину випити склянку лимонаду. Коли ми вийшли, його вже не було. Ми ходили і ходили, намагаючись знайти його, але не було жодних ознак вагончика.

Ми з Сандрою пішли додому. Я був страшенно засмучений, плакав, як дитина. Візок багато значив для мене, скрипучі колеса і все таке. Це був різдвяний подарунок від моїх бабусі та дідуся.

Наші батьки та друзі шукали його, поки не увімкнули вуличні ліхтарі. Наступного дня ми подали оголошення в бюро знахідок. Його знайшли за лісосмугою, перевернутим на фермерському полі.

Ми, Сандра і я, знали, хто його туди поклав. Звичайно, це була стара леді МакҐвайр, але ми не мали доказів. Тато казав, що ніколи не можна звинувачувати когось без доказів, але ми бачили, як вона стежить за нами своїм злим оком.

Саме тоді повернулася міс Вірджинія з фотоапаратом Kodak Instamatic. Я бачив його рекламу в татовому примірнику журналу «Лайф». Знімок 104 був справжнім шедевром.

«Підходьте сюди, дівчатка.»

«Чи не краще було б світло надворі?» запитала я.

Вона посміхнулася і відчинила вхідні двері.

Ми чекали на ґанку, намагаючись не надто соватися, поки міс Вірджинія вирішувала, де нам стати, щоб отримати найкраще світло.

Я сперся на стіну ганку, намагаючись розгледіти кущі чорної смородини, але нічого не вийшло.

«Хм, - сказала міс Вірджинія, - чому б нам не піти в сад? Там все цвіте, і ми могли б зробити чудові фотографії».

Ми з Сандрою посміхнулися.

Ми спустилися сходами вниз. Сандра досягла низу одним швидким стрибком, до мого презирства. Міс Вірджинія, здавалося, не заперечувала. Ми йшли позаду неї, вслухаючись у кожне слово. «Ось тут росте петрушка, а це мої помідори. Боже, якими високими вони виросли цього року. Немає нічого кращого за свіжий томатний соус. А ось тут - моя грядка з кульбабами. З них я роблю вино з кульбаб».

Сандра ахнула і скорчила гримасу.

Міс Вірджинія, здавалося, не помітила. «А це моя ділянка чорної смородини, але, звичайно, ви, дівчатка, її вже знаєте».

Я намагалася не виглядати надто схвильованою і кинула погляд через плече на віз, оцінюючи, скільки ми зможемо взяти за одну поїздку. Я пошкодувала, що не взяла його з собою в сад.

Я відчув, як рука Сандри торкнулася моєї. Я помітив, що її рот висів широко відкритим, коли вона дивилася на смородину. Вона була схожа на собаку, що чекає на обід.

«Я б закрила його, юна леді, - вигукнула міс Вірджинія, - якщо ви не хочете зловити мух».

Сандра сховала рот за рукою.

Міс Вірджинія майже хихикнула, коли ми дивилися на кущі чорної смородини в повному розквіті. Плоди висіли там, готові до збору. Багато-багато смородини. Ми були так схвильовані, що аж верещали.

«Спочатку фотографії», - нагадала нам міс Вірджинія. Міс Вірджинія намагалася знайти найкращий ракурс, враховуючи, що дерева витягнулися в сонячному світлі, створюючи тіні.

Я зрозумів, що з такою великою кількістю смородини, яку потрібно зібрати, міс Вірджинія потребуватиме нашої допомоги, і їй доведеться запропонувати нам більше грошей, ніж коли вона просила нас збирати яблука та груші. З яблуками та грушами ми були обмежені тим, до чого могли дотягнутися. З кущами чорної смородини ми могли ходити навколо і зривати кожну ягоду.

«Можна ми зараз зірвемо?» - запитала Сандра. запитала Сандра.

Я похитала головою, сподіваючись, що вона не змарнувала наші шанси.

«Я б хотіла сфотографуватися з кущами чорної смородини позаду тебе. Обережно, не розчавіть їх і не обірвіть плоди, і заради Бога, не їжте нічого перед фотографією, інакше у вас будуть забруднені руки і рот. О, я щойно згадала. Зачекайте тут, дівчатка, поки я на хвилинку зайду всередину».

Ми стояли наодинці, впритул перед смородиною, і здавалося, що вона кличе нас на ім'я. Ми метушилися. Чекали. Намагалися не прислухатися до шепоту кущів чорної смородини. Запросили зірвати по ягідці. Скуштувати.

«Це божевілля», - сказала Сандра. Вона розтиснула і стиснула кулаки. Повернулася обличчям до кущів чорної смородини.

Я теж повернувся. «Я згоден. Але якщо ми дочекаємося чорної смородини, то заробимо достатньо грошей, продавши її за один день».

«Добре», - сказала Сандра, дивлячись на грона фруктів. «Але я хочу з'їсти одну».

«Не треба», - сказав я.

«Але вона ніколи не дізнається!»

«Гаразд, давай зірвемо одну ягідку».

«Але вони такі маленькі.»

Сандра зірвала одну, і я теж. Я поклала її до рота, і солодко-кислий смак змусив мене захотіти ще одну. І ще одну. Ми набрали по жмені і кинули їх до рота. Смородиновий сік огорнув мій язик.

Міс Вірджинія повернулася в сад.

Ми, мабуть, виглядали дуже гарно. Сандра з розмазаним соком по обличчю і сукні. Я ховаю руки в кишені.

Міс Вірджинія не розсердилася на нас. Замість цього вона сказала: «О, Боже, подивіться на вашу гарну сукню». Вона похитала головою. І відійшла. «На сьогодні все, дівчатка. А тепер ідіть додому.»

«Але ж міс Вірджинія. А як же чорна смородина?»

«Так, - сказала Сандра, - нам шкода, що ми не почекали, але вона сама нас кликала».

Міс Вірджинія розсміялася. «Я пам'ятаю, як вони кликали мене і моїх сестер».

Вона знову засумувала, а мій шлунок зробив таку смішну річ. «А як же фотографії?»

Пані Вірджинія попросила нас зайняти свої місця, а потім сказала: «Скажіть "сир". Після кількох фотографій вона запитала: «Чому ви двоє так зацікавлені в моїй чорній смородині?»

Сандра прошепотіла мені на вухо, і ми домовилися все їй розповісти.

«Міс Вірджинія, ми хочемо заробити достатньо грошей, щоб обмінятися браслетами дружби. Ми бачили їх на ринку, і вони коштують чверть долара за штуку», - сказала Сандра.

«Жінка на ринку робить їх сама. Вона сказала, що ми можемо провести церемонію дружби, і тоді ми будемо найкращими подругами на все життя».

Міс Вірджинія спочатку мовчала. Замість цього вона вийшла через хвіртку, і ми пішли за нею. Вона зупинилася і доторкнулася до соняшників, наче квіти були її давніми друзями. Вона здавалася зануреною в роздуми.

Я подумала, що ми просимо занадто багато, пропонуючи занадто мало натомість.

«Ходімо зі мною», - сказала міс Вірджинія і почала збирати кульбаби. Коли її руки були повні, вона передала кілька кульбаб Сандрі, а сама нарвала ще і передала їх мені. Ще не закінчивши, вона назбирала ще і тримала їх спереду своєї сукні. Вона сіла і склала зібрані квіти в купу. Вона попросила нас об'єднати наші квіти з її квітами. Ми теж сіли, Сандра з одного боку, а я з іншого.

Пані Вірджинія взяла одну квітку, потім іншу. Ми спостерігали, як вона встромляє ніготь у стебла і пускає молочко з кульбаби. Хоча її пальці стали липкими, вона продовжувала з'єднувати їх разом, створюючи нитку з кульбаб. Закінчивши одну нитку, вона взялася за іншу.

«Бачиш цю молочну субстанцію?» запитала міс Вірджинія. Ми кивнули. «Як ви думаєте, що це?»

«Це кров?» запитала Сандра.

Я теж подумала про це, але не хотіла говорити, бо ніколи раніше не чула про білу кров. Я не наважилася здогадуватися і замість цього знизала плечима.

«Дівчата, ви коли-небудь чули про латекс?»

Ми похитали головами.

«З нього роблять гуму».

«Ти маєш на увазі мій гумовий м'яч з Індії?»

«Він дуже високо підстрибує!» сказала Сандра.

«Так, дівчатка, ви маєте рацію. Тому він такий липкий». Вона продовжувала нанизувати квіти. «Ми з сестрами робили такі, коли були у вашому віці».

«А що з ними сталося, я маю на увазі твоїми сестрами?» запитала Сандра.

«Вони на небесах», - відповіла вона, нанизуючи третю квіткову нитку.

«Принаймні, вони разом».

Міс Вірджинія поплескала мене по руці. «Ти дуже доросла для свого віку, чи не так? Ти казала, що тобі щойно виповнилося сім?»

«Так.

«А тобі, Сандро?»

«Мені теж сім».

Міс Вірджинія втупилася в небо, і кілька миттєвостей ми спостерігали за хмарами, що пропливали над нами.

«Ця схожа на ведмедя, - сказала я, показуючи вгору.

«А ця схожа на великий згусток порожнечі», - сказала Сандра.

Ми розсміялися. Міс Вірджинія чудово сміялася. «Ну, хто перший?» - запитала вона, і, оскільки я був найближче до неї, взяла мене за руку. Вона поклала нитку квітів навколо мого зап'ястя і замкнула коло: це був браслет. Те саме вона зробила на зап'ясті Сандри, а потім замкнула третє коло навколо свого зап'ястя.

«Ах», - сказала пані Вірджинія, помітивши, що у неї залишилося досить багато кульбаб. Вона почала нанизувати їх на нитку, поки не залишилося жодної. Вона підвелася. Ми теж встали.

Міс Вірджинія поклала нитку квітів на голову Сандрі. «Це називається гірлянда», - сказала вона. «Хочеш теж?»

«Ні, дякую», - відповіла я.

«Я можу зробити для тебе гарне намисто?»

Я подивилася на свої ноги. «Я б не хотіла використовувати всі кульбаби. Вони потрібні для вина».

Сандра перехрестила очі і висолопила язика.

Міс Вірджинія не звернула жодної уваги на те, як Сандра скривила обличчя.

«О, це зовсім не проблема, - сказала міс Вірджинія, - у мене ще залишилося трохи з минулого року», - і вона почала збирати. Ми приєдналися до неї, і незабаром ми втрьох працювали разом, і на мені була прекрасна сонячна безрукавка. Коли я кружляла, вона теж кружляла.

Задоволені своїми прикрасами, ми з Сандрою не поспішали розходитися і провели весь день, вириваючи бур'яни та прибираючи в саду.

Коли настав час вечері, ми сказали, що нам треба йти.

«Зачекайте тут одну хвилинку», - сказала міс Вірджинія. Вона повернулася з мочалкою, мискою, повною води, і кишеньковим гаманцем. «Дозвольте?

Коли Сандра кивнула, міс Вірджинія вмочила ганчірку у воду і зняла пляму з сукні Сандри. «Вона висохне, поки ти йтимеш додому». Вона провела мочалкою по наших руках і обличчях.

«Дякую», - сказали ми.

«О, і ще одне», - вона сягнула до свого гаманця і дала нам два четвертаки.

Ми можемо купити браслети дружби!

Не вагаючись і не обговорюючи, ми з вдячністю відмовилися.

Міс Вірджинія, здавалося, не заперечувала. «Побачимося наступного року», - сказала вона перед тим, як зачинила вхідні двері.

Ми потягли порожній візок вибоїстою дорогою, обережно тримаючись за ручку, щоб не пошкодити браслети.

«Може, наступного року?» запитала Сандра.

«Так, можливо, наступного року», - відповів я. «А зараз давай підемо і візьмемо буханку хліба».

Сандра полізла в кишеню. Дзенькнула дріб'язком. «Не забудь бананове морозиво».

Підійшовши до крамниці на розі, ми опустили ручку і кинулися всередину, не думаючи про стару леді Макгуайр.

ЕПІЛОГ

Я повернувся на цю вулицю зі своїм сином-підлітком сорок сім років потому, і, як ви можете собі уявити, багато чого змінилося. Щось на краще, а щось ні.

Вулиця більше не була тупиковою. Вона була повністю заасфальтована і розширена, так що більше не було ніяких канав. Більшість будинків були перебудовані з дерева та алюмінієвого сайдингу. На деяких були встановлені супутникові антени.

Тепер, коли вулиця була відкрита, нова дорога, багато будинків, вежа стільникового зв'язку та гідроспоруда заповнили простір.

Будинок пані Вірджинії був знесений і розбитий на частини. Задній сад був заасфальтований під автостоянку.

Будинок старої леді Макгуайр виглядає майже так само, хоча штори замінили на каліфорнійські жалюзі.

Ми з Сандрою розійшлися, коли її сім'я переїхала на північ. Вона повернулася додому в 1975 році, і ми пішли на фільм « Щелепи». Після цього ми втратили зв'язок.

Мій червоний фургон переходив до моїх братів і сестер, а потім до моїх кузенів. Якби він міг говорити, то міг би розповісти багато чудових історій.

Одна лише згадка про чорну смородину досі повертає мене в літо 67-го.

НАЙЯСКРАВІША ЗІРКА

Був пізній вечір, і молода пара стояла під ковдрою безхмарного нічного неба. Позаду них стіна запашних вічнозелених дерев охороняла кордони.

Під повним місяцем Вільям і Лінда стояли, тримаючись за руки, хоча їхні погляди і душі були поглинуті зорями.

Опівнічне небо широко простягло над ними свої обійми. В обіймах темної ночі вони повільно танцювали під вибраний репертуар Північного Пересмішника, в той час як зірки та світлячки штовхалися, щоб привернути до себе увагу.

Пара відчувала, що вони були єдиними двома живими істотами, що залишилися на землі. Разом вони були на краю світу, спостерігали, слухали, одружені з небом, а після того, як пересмішник змахнув крилами, настала стимулююча тиша.

Аж поки одна самотня зірка не спалахнула прямо перед ними, привертаючи до себе увагу. Падаюча зірка. Падаюча. Пропалюючи шлях по небу. Шипіння, всередині невидимого електричного струму, прискорення, падіння.

«Слухай, ти це чув?» запитав Вільям.

«Так, це було схоже на ангелів, які плескали крилами», - відповіла Лінда.

Вони спостерігали, як він просувався вперед, змінював курс, а потім зник за хмарою. Досвід, який вони отримали, побачивши його і розділивши, змусив подружжя відчути себе частиною чогось більшого, ніж буття, чогось потойбічного.

Ми всі народилися із зоряного пилу. Пов'язані навіки, як живі, так і мертві.

Коли зорю вже не було видно, пара сіла разом і стала чекати, що станеться далі. Ніхто з них не говорив, бо вони тримали в руках пам'ять, змішуючи почуття і відчуття. Закарбовуючи цей момент у пам'яті назавжди.

Лінда і Вільям знали одне напевно: природа - це ключ. У дні, коли все здавалося неможливим, коли життя було нестерпним, духовний зв'язок зі стихією зцілював їх. Давав надію і підносив їхні серця, розум і тіла.

«Ви загадали бажання?» запитала Лінда, коли зграя канадських гайвороння з гудками пролетіла в небі.

«Ні, я вже маю тебе», - відповів Вільям, піднімаючи Лінду на руки. Молода пара продовжувала дивитися в небо, поки гусей не стало ні видно, ні чутно.

Лінда і Вільям так багато пережили разом, і все ж, для кожного з них було достатньо один одного.

«Знаєш, я могла б сидіти тут вічно з тобою, Вільяме, і дозволити світу йти повз. Я не відчуваю, що щось втрачаю, і мені подобається, коли світ затихає, і ми з тобою ніби застрягли на власному острові».

Вільям обійняв її ще міцніше, і Лінда зручно вмостилася у нього на колінах.

Коли вони обнялися, вдалині пролунала сирена. Вона на мить увірвалася в їхній маленький світ, аж поки Вільям пошепки не почав декламувати свій улюблений вірш Волта Вітмена:

«Коли я слухав вченого астронома,Коли переді мною стовпчиками вишикувались докази, цифри,Коли мені показували графіки і діаграми,Щоб я складав, ділив і вимірював їх,Коли, збуджений, слухав астронома, де він читав лекцію з оплесками в лекційній залі,Як швидко беззвітно я втомився і захворів,Поки, піднявшись і вислизнувши, я не побрів наодинці в містичне вологе нічне повітря,І час від часу в повній тиші дивився на зорі.». *

Вдалині закричала сирена, перервавши мить. За нею друга і третя. Відлуння розірвало тишу, але лише на мить, як і зірка. Один кричав, інший горів. Обидва хотіли кудись дістатися - швидко. Перший - потворний, різкий звук, звук, що означає небезпеку і хаос. Інша людина потребувала допомоги, негайно. Другий - зірка, прекрасні крила ангела, що махає крилами, вмирає. Кінець.

Таке життя і така смерть. Ми всі закінчуємо однаково, скільки б ми не кричали і як би не намагалися виділитися, бути корисними.

Пара залишилася сидіти, повністю загублена в цьому моменті. Ділилися кожним подихом, коли навколо них розгорталася ніч. Сюрчали цвіркуни і дзижчали комарі. Дерева стогнали, висловлюючи своє обурення вітром, що передчасно розбудив їх.

Лінда згадала день, коли вона вперше зустріла Вільяма. Це було в старших класах школи, і їм було по шістнадцять років. Лінда була новенькою, з сім'ї військового, яка постійно переїжджала. Проте у неї ніколи не виникало проблем з адаптацією або дружніми стосунками, тому що вона була милою і симпатичною, і люди тягнулися до неї. Першого дня, коли вона побачила Вільяма на футбольному полі, вона зрозуміла, що він - той, хто їй потрібен. Він подивився в її бік, посміхнувся, а трохи згодом запросив її на побачення. Досить скоро вони стали єдиним цілим, шкільні закохані. Їм судилося бути разом назавжди.

Вільям був єдиною дитиною в сім'ї, і його першою любов'ю був спорт. Він сподівався, що після закінчення школи зможе безкоштовно вступити до одного з найкращих університетів на футбольну стипендію. Коли він не тренувався, він грав. Він не був вченим, далеко не вченим, але він захоплювався вимогливою роботою і чудово розбирався в людях. Одного разу він помітив Лінду, яка намагалася відкрити замок на своїй шафці. Він запропонував допомогти, але замок відкрився, як тільки він попросив. Після того дня він хотів запросити її на побачення, але не робив цього до того дня, коли вони обмінялися поглядами на футбольному полі. Коли вона посміхнулася йому, він зрозумів, що вона - та сама.

На жаль, їхні кар'єрні шляхи розійшлися в різні боки. Це було сльозливе прощання з обох сторін. Обидва пообіцяли приїжджати додому кожні вихідні і підтримувати зв'язок кожного дня. Спочатку вони писали і дзвонили щодня, потім через день, потім щотижня. Але все було добре, тому що вони все одно приїжджали додому на вихідні, щоб побачити один одного і побути разом. Розставання і знову з'єднання робили їх сильнішими і більш згуртованими.

Потім щось сталося, ніхто з них достеменно не знав, що саме. Можливо, вони були надто зайняті, а можливо, розлука стала новою нормою.

Сумуючи за товариством одне одного, але не маючи змоги його мати, вони почали зустрічатися з іншими людьми. Вони погодилися зустрічатися з іншими людьми, так би мовити, щоб промацати ґрунт.

Вільям зустрічався один чи два рази, але з ким би він не зустрічався, все, про що він міг думати - це Лінда. Йому було цікаво, що вона робить і з ким вона. Він намагався не звертати уваги, коли люди говорили про неї або бачили її на побаченні, але йому було не байдуже - він кохав її, вона була для нього всім, але якщо вона була щаслива, він був достатньо мужнім, щоб відійти і дати їй час розібратися в тому, що він вже знав.

Лінда теж ходила на побачення, вона була приголомшливою і розумною. Вона намагалася викинути Вільяма і думки про нього з голови. Вона перепробувала все, зустрічалася з хлопцями, які відрізнялися від Вільяма, але завжди чогось не вистачало. Коли вона почула, що він зустрічається з іншими жінками, вона випнула підборіддя і сказала: «Якщо він може це зробити, то і я зможу». Одна з її подруг, яка таємно хотіла Вільяма для себе, відштовхнула її, і Лінда продовжила зустрічатися з хлопцем, який, як вона знала, був не для неї. Насправді, жоден з хлопців не міг зрівнятися з Вільямом, тому що вона кохала його і тільки його. Її серце не могло любити нікого іншого.

Потім вона повернулася додому, і Вільям теж був удома, і вони кинулися один до одного, як актори в кіно, і поклялися, що коли закінчать школу, то ніколи більше не розлучаться. Так і сталося.

П'ятнадцять років потому, все ще одружені. Все ще разом.

Навіть коли втратили роботу. Робота в одній компанії мала свої переваги, але не тоді, коли економіка погіршилася, і вони були останніми, хто прийшов і першими, хто пішов. Лінду звільнили першою, і вона кинулася шукати іншу роботу, але з появою дитини вони вирішили залишитися в тій самій компанії, де Вільям працював повний робочий день і мав повну медичну страховку, а Лінда сиділа вдома, поки їхній син не підріс і не став достатньо дорослим, щоб відвідувати дитячий садок (який був на території компанії).

Замість того, щоб покращитися, економічна ситуація погіршилася, і незабаром Вільям теж залишився без роботи. Обидва бралися за випадкові підробітки, де і коли тільки могли, розділивши між собою догляд за сином, оскільки найняти няню було б занадто дорого, а їм потрібна була кожна копійка, щоб продовжувати виплачувати іпотечний кредит.

Коли вони не змогли знайти роботу, вони втратили свій будинок. Заклали його по самі вінця, як і всі їхні друзі, а потім стали безхатченками. Кілька місяців вони жили в машині, поки кредитори не розшукали їх і не забрали і її.

Вони залишилися разом, сильні. Трималися одне за одного.

Коли вони втратили сина, це стало випробуванням для них. Ні медичної страховки, ні дому, ні адреси. Вірус, грип, пневмонія, і однієї ночі його не стало.

Втрата майже довела їх до ручки. Вони хиталися, коли хвилі відчаю тягнули їх донизу, а пляшки з алкоголем для самолікування піднімали їх на кілька миттєвостей, а потім кидали в канаву і мало не розривали на шматки. Тепер у них залишилися лише спогади про сина та фотографія в пластиковій рамці в центрі подушки, яку вони носили в рюкзаку зі змінним одягом, туалетним приладдям і рулоном туалетного паперу.

Тоді вони відкрили для себе зв'язок із сином через природу. Вони йшли, піднімаючись все вище і вище, відчуваючи його присутність по відношенню до неба. Не потребуючи їжі, а коли потребували, то знаходили щось у природі. Купалися в струмках, їли яблука та лісові ягоди. Кульбаби і дику спаржу.

Грицики та цибулю-шалот. Крес-салат і північний дикий рис. Всі ці делікатеси вони змогли знайти і приготувати, не маючи під рукою нічого, що могло б їх приготувати. А воду вони пили з ранкової роси з листя дерев, а коли йшов дощ, відкривали роти до неба і пили досхочу.

І вони знайшли це місце, високо над міськими вогнями. Далеко від спокус і звукового забруднення. В оточенні природи, де вони могли бути повністю разом. У місці, де їм не треба було ховатися від болю, де природа поглинала його за них, в них самих.

Де простота зірки, що сходить, могла б зачарувати їх і повернути їм сина в одну мить, у смерті нічної зірки.

«Нам краще трохи поспати, завтра великий день», - сказав Вільям, витягнувши руки і позіхнувши.

«Не хотілося б, щоб цей день закінчився».

Кролик пострибав по траві, час від часу зупиняючись, щоб понюхати повітря. Їхні шлунки бурчали, але жоден з них не бажав віддати життя за їжу.

Лінда сягнула рукою в рюкзак і витягла подушку. Вона поцілувала фотографію сина, і Вільям зробив те саме.

Вільям погладив місце для себе, а потім місце для Лінди.

Лінда розпушила подушку. Вона поклала її на землю і притулилася щокою до фотографії свого сина. Вільям зробив те ж саме.

Вони притулилися один до одного, як дві ложки.

Оскільки Вільям сидів ззаду, він обережно розгорнув газетні сторінки. Порив вітру націлився на них, даючи знати про свою присутність. Вільям притиснув газети до грудей, оберігаючи їх так, ніби вони були цінніші за золото.

Коли повітря знову заспокоїлося, Вільям накрив Лінду першою і другою сторінками, а потім накрив третьою і четвертою.

Вони притулилися ближче. Так близько, як тільки можуть бути двоє людей.

«На добраніч», - сказав він.

«Нічна любов», - відповіла вона.

*Сноска: «Коли я почув вченого астронома» Волта Вітмена, 1865 р.

ОДКРОВЕННЯ МАРГАРЕТ

У повітрі панувала весна. Проте Маргарет не могла вирватися з депресії.

Коли почуття переповнювали її, Маргарет обіймала себе, бо більше ніхто не пропонував. Її друзі казали, що вона замикається в собі. Їй варто було б говорити про це. Просити, а не вимагати того, що їй потрібно. Вони казали, що їй не варто очікувати, що її чоловік матиме СХВ.

У такі моменти Маргарет згорталася в уявний пухнастий клубок, як мама-ведмедиця. Потім вона потягувалася і позіхала, ніби прокидалася від довгої зимової сплячки.

«Випий ще», - казали їй, ніби від того, що вона нап'ється, стане легше.

Маргарет прагнула нового початку. Сезонного переродження, в якому вона могла б знову відновити зв'язок із самою собою.

***

О 5-й ранку в західному передмісті Торонто біля озера Онтаріо птахи повернулися з зимових канікул. Кілька з них залишилися на весь рік - їх вона вважала своїми друзями на всю погоду. Вони вже встигли роздягнути кущ Гекльберрі догола. Щоб повернути їх назад, Маргарет наповнила годівниці насінням чорного олійного соняшнику.

Взимку репертуар пташиних голосів варіювався від блакитних сойок до кардиналів, голубів і омелюхів. Щоранку Маргарет чекала в тиші, щоб почути, як вони принесуть нові дні. Відпочивши тілом і думками, вона заплющувала очі і знову засинала. Аж поки незгодні голоси не розбудили її.

Це був її син-підліток проти чоловіка. Хоча в них текла одна кров, їхні гормони змагалися за домінування, і вони зчепилися рогами - особливо вранці.

Маргарет і Майкл Ліндстром одружилися тринадцять років тому, а їхній син, якому зараз тринадцять, народився невдовзі після цього. Дехто казав, що пара повинна була одружитися, але це не було їхньою справою.

Вони познайомилися на побаченні наосліп і одразу знайшли спільну мову. Майкл був керівником у транспортній галузі. Маргарет працювала на двох роботах, водночас навчаючись у коледжі на бакалавра графічного дизайну.

Майкл працював довгі години. Оскільки Маргарет навчалася і працювала на двох роботах, пара не часто бачилася. Але коли вони бачилися, між ними пролітали іскри. Кохання витало в повітрі. До них підходили зовсім незнайомі люди, коментуючи, якими закоханими вони виглядають, а сонце не переставало світити, коли вони гуляли, тримаючись за руки.

Подруги Маргарет заздрили, що у неї є постійний хлопець, і були стурбовані. Через щільний робочий графік у них ледве вистачало часу на інтрижки, не кажучи вже про повноцінні стосунки зі старшим чоловіком.

«Просто розважайся без очікувань», - радила Аннабель, хоча сама вона, щоб уникнути ускладнень, дотримувалася політики відкритих дверей, яка дозволяла їй змінювати партнерів за помахом капелюха.

«Але він мені подобається. Я маю на увазі, дійсно подобається, - відповіла Маргарет.

«Якщо цьому судилося бути, то це може почекати до закінчення навчання», - сказала Ліззі, яка була в університетській грі надовго. Вона здобувала ступінь бакалавра наук з астрофізики, потім переходила до магістратури і все ще вирішувала, на якому ступені навчатися після закінчення університету. «Він старий, але не древній, і навряд чи скоро здохне».

Він добрий, лагідний і турботливий. Крім того, він запросив мене на роботу, щоб познайомити зі своїми колегами. Каже, що хоче мене показати». Вона посміхнулася.

«У тебе і так достатньо турбот, адже ти працюєш на двох роботах і здобуваєш освіту, - запропонувала Аннабель. «Не кажучи вже про те, що ви занадто молоді, щоб зв'язувати себе узами шлюбу. Хіба що ви обоє цього хочете». Вона насміхнулася і дзенькнула келихами з Ліззі.

«Думаю, я можу сказати «ні», - сказала Маргарет, доливаючи у свій келих ще трохи вина.

«Але ти не хочеш цього робити», - сказала Ліззі. «Я пропоную піти. Познайомся з усіма нудними людьми, з якими він працює щодня. Це неодмінно вилікує тебе від будь-яких ілюзій, які ти маєш щодо нього - якщо ніщо інше не вилікує».

Маргарет зітхнула і повернулася до своїх занять. Він був не таким вже й старим, та й не поводився як старий. Різниця в сім років у наш час була нічим.

Пізніше вона пішла з Майклом на вечерю, де познайомилася з кількома його товаришами по роботі. Вона була ближче до їхнього віку, ніж Майкл, але він ладнав з усіма, і, на диво, вона приємно провела час. Їй сподобалося, коли Майкл представив її як свою дівчину. Після того, як він це сказав, він подивився на неї так, ніби очікував, що вона це спростує, але замість цього вона взяла його за руку. Їй дуже подобалося бути частиною його життя.

Невдовзі після роботи Майкл запросив Маргарет поїхати з ним у відрядження за місто. Вона відмовилася, але потім спокуса відвідати Сіетл, штат Вашингтон, змусила її переглянути своє рішення. Зрештою, вона все ще могла б навчатися, і перерва у повсякденній рутині була б доречною.

Якщо вона поїде, то коли повернеться, то по-справжньому зануриться в книжки.

«Всі витрати оплачені, - переконував Майкл. «Мене не буде вдень... у тебе буде достатньо часу для навчання - біля басейну, в гідромасажній ванні».

Вона заперечливо похитала головою, але він відчув, що вона слабшає.

«І ми летимо бізнес-класом».

Що ж, це допомогло. Вона спакувала валізу, і вони вирушили до Сіетла, де вдень вона навчалася. Вночі вони дивилися гру «Марінерс», ходили в рок-клуб «Тракторна таверна», а в інший день - в рок-клуб «Трактор». Вони слухали виступ Білла Клінтона в Сіетл Центрі. Вони піднялися на Спейс Нідл, подивилися на сад Чихулі і пішли до Музею поп-культури. Це було схоже на медовий місяць; кохання витало в повітрі, і вони зачали Томмі.

Маргарет і Майкл ніколи не говорили про дітей. Маргарет не знала, як підійти до цієї теми. Вона думала зробити аборт, але не хотіла завдавати болю тому, хто не вибрав народитися. Вона запросила Майкла на вечерю і порушила цю тему.

«Я хочу сім'ю, багато дітей», - сказав він.

Вона посміхнулася.

«Хоча я не вважаю себе людиною, яка одружується, - він зробив паузу. «Однак, якби у нас була дитина, я б розглянув можливість одруження. Всі діти заслуговують на найкращий старт».

«Здається, я вагітна», - промовила вона.

Він спочатку мовчав, а потім підскочив і обійняв її. Він сказав, що вони повинні знати напевно. Вона записалася на прийом до лікаря. Коли він підтвердив те, що вона вже знала, вони притиснулися одне до одного, плачучи, як ідіоти. Навіть зараз, коли вона згадує той день, їй доводиться стримувати сльози.

Вона кинула коледж, коли ранкова нудота захопила її життя. Пропущені заняття, здавалося, накопичувалися. Коли стало зрозуміло, що їй доведеться перескладати цілий рік, Маргарет взяла академічну відпустку і сконцентрувала всі свої сили на майбутньому. До народження дитини потрібно було багато чого зробити. Вони продали квартиру. Купили будинок у передмісті і швиденько одружилися в РАЦСі, щоб все було офіційно.

Майбутня мама проводила свої дні, облаштовуючи їхню оселю. Коли вони дізналися, що у них буде хлопчик, Маргарет щосили взялася за створення чудової дитячої кімнати. Вони обрали спортивну тематику: бейсбол, хокей, баскетбол. Навіть футбол. Всі спортивні заходи, які вони з Майклом із задоволенням дивилися на плоскому екрані телевізора.

Коли Майкл був на роботі, іноді Маргарет готувала тацю з їжею: морозивом, селерою, грибами та сальсою. Потім вона вмощувалася перед телевізором, вмикала заспокійливу музику для малюка і читала йому. Маргарет збилася з рахунку, скільки разів вона читала своєму малюкові книгу « Чого очікувати при вагітності ». Для неї це було як дитяча Біблія, і обмін знаннями ще більше зміцнював їхній зв'язок.

Одного сонячного дня вона пішла до місцевої букіністичної крамниці зі списком улюблених книжок, які вона любила в дитинстві. Вона забула запитати Марка, які його улюблені книги, але він ніколи не був великим читачем. Знадобилося дві поїздки, щоб занести всі книги в будинок. Вона сіла на диванчик, перед нею стояли коробки з книжками. Вона не могла повірити, що знайшла їх усі! Навіть «Маленьке цуценя Покі», яка була першою книжкою, яку вона навчилася читати сама. О, і вона перегорнула копії «Павутиння Шарлотти», «Енн із Зелених Дахів», «Допитливого Джорджа», «Близнюків Боббсі», «Хейді» і всієї серії «Гаррі Поттера». Марк розсміявся і сказав, що їм краще інвестувати в книжкову полицю. Він зробив більше, він зробив її власноруч, сказавши, що в спальні його сина не буде жодної з цих безглуздих меблів.

Незабаром Томмі приїхав, і він був найкрасивішим витвором мистецтва, який вона коли-небудь бачила. Часом вона не могла повірити, що вони з Майклом створили його. Її серце росло, вона ніколи не думала, що зможе любити когось більше, ніж Майкла: а вона любила його дуже сильно.

Майкл хотів негайно завести ще одну дитину, але про другу вагітність не могло бути й мови. Народження Томмі було важким, і лікар порадив їм більше не намагатися. Майкл погодився, що не варто було ризикувати, і він змирився з цим, принаймні, так він казав. Маргарет не повірила йому, хоча в минулому він завжди був чесним.

Гучні звуки внизу знову спалахнули, вирвавши Маргарет з її думок і повернувши до реальності. Першим закричав Томмі, грюкнувши шафою, потім Майкл відчитав його, і ситуація швидко загострилася. Вони сварилися на найбезглуздіші теми. Як і ранкові люди... як і вона.

Лише одного простого ранку в тиші і спокої було все, що їй було потрібно, щоб повернутися на правильний шлях.

Маргарет подумала про те, щоб встати, але потім відкинула цю ідею. Вона чекала, поки вони не попросять її про допомогу. Вони неминуче попросять.

Томмі зазирнув до її кімнати. Замість того, щоб говорити тихіше, він крикнув: «Ти спиш, мамо?». Він чекав секунду чи дві, щоб вона прокинулася.

«Так», - завжди відповідала вона, потираючи втомлені очі, хоча заснути під такий галас було б неможливо.

Тепер, коли він привернув її увагу, він кричав: «Мамо, я не можу знайти свою спортивну сорочку».

Вона посміхалася, бо завжди клала їх на одне й те саме місце, але цього разу не згадала про це. Який був сенс? «Вони в твоїй шафі, любий».

«Ні, не в шафі!» - сказав він, після чого почувся тупіт, відступ і грюкіт дверей.

Вона почала рахувати: один Міссісіпі, два Міссісіпі, три Міссісіпі.

«Знайшла! Дякую, мамо! Вона весь час була тут!»

Маргарет знову вмощувалася під ковдрою і знову засинала. Доки до їхньої кімнати не повернувся її чоловік Майкл.

Він дотримувався суворого режиму. Спочатку був туалет, потім миття рук, чищення зубів, зубна нитка, скрегіт язика з переривчастими і дуже чутними блювотними звуками (що часто змушувало її закривати вуха подушкою), потім п'ятнадцятихвилинний душ, гоління, знову чищення зубів, сушка феном, нанесення макіяжу, одеколон. Усе з точністю до секунди.

Коли він закінчував, він відчиняв двері навстіж, і гаряча пара виходила раніше, ніж він входив у кімнату. Вона дивилася, як він перетинає підлогу, ніби переслідує привид, що втікає. Запах його одеколону і тепла пара навіювали на неї сонливість, і незабаром вона знову засинала.

«Маргарет, ти не бачила загублену запонку?»

Вона підвела голову: «Останнім часом ні», - відповіла вона, поки він рився у верхній шухляді, не закриваючи її до кінця. Потім він відкривав середню шухляду, залишаючи її частково відчиненою. Нарешті, висунув нижню шухляду до кінця. Шафа нагадувала сходи, але це було небезпечно, оскільки вона могла легко перекинутися будь-якої миті. Вона уявила, як Томмі проходить повз, і весь комод падає на нього зверху. Жах від того, що може статися, пронизував її до глибини душі. Якби їй довелося витягти його знизу... чи вистачило б у неї сил? Що, як... Вона схопилася з ліжка і закрила кожну шухляду.

«Я збирався це зробити», - сказав Майкл, грюкнувши за собою дверима, коли виходив.

Оскільки вона вже прокинулася, то притискалася до зачинених дверей, аж поки знизу не покликав Томмі: «Мамо, я не можу знайти свій обід!»

«Він у твоєму ланч-боксі, на другій полиці, праворуч від холодильника».

«Ні, не там», - відповів він.

«Іду», - сказала вона, взявшись за ручку дверцят, але перш ніж вона встигла їх відчинити, він покликав: »О, тепер я бачу! Дякую, мамо».

Повернувшись до своєї кімнати, вона пробурмотіла « будь ласка», оскільки чорна щілина під ліжком манила її. Вона могла б прослизнути прямо туди, де не було б нікого, окрім пилових зайчиків, які могли б скласти їй компанію. Там вона створила б свою власну суперсилу - захисний щит темряви, який відштовхував би гучні сердиті голоси.

Голоси, що наближалися, прийняли рішення за неї, і вона кинулася в темний простір. У затишному середовищі її дихання і серцебиття сповільнилося. Вона заплющила очі, випросталася, а потім, простягнувши руку, спустила ковдру на підлогу і перетягнула її під себе і на себе, ніби збудувала фортецю.

Майкл повернувся до їхньої кімнати. «Люба?» - запитав він.

Томмі зупинився біля дверей: «Може, вона у ванній?»

Майкл перевірив, потім глянув на ліжко.

«Вона ж не під ним знову?» прошепотів Томмі.

«Давай подивимося», - почула вона відповідь Майкла.

Вони опустилися на землю і зазирнули в темряву. Побачили якийсь рух під ковдрою. Майкл подивився на сина, а потім приклав палець до його губ. Той кивнув, радий, що батько заговорив першим.

«Синку, - сказав Майкл заспокійливим голосом, - ти не міг би віднести мої штани і сорочки в хімчистку?» Він відкрив рот, а потім знову закрив його.

Бідолашна Маргарет не могла повірити, що він дає їй список справ і розмовляє з нею так, ніби вона ховається під ліжком кожен день свого життя. Це її страшенно дратувало.

Не зрозумівши натяку, він продовжив: «О, і я забув запитати тебе на вихідних, чи можна мені запросити кількох друзів. Сьогодні ввечері. На невеличку вечірку. Вечірка на вісьмох, включаючи нас. Ще раз вибач, що так несподівано. Хотів запросити тебе на вихідних».

Томмі зробив крок, щоб приєднатися до матері в її самотньому коконі. Натомість вона попрямувала до виходу. Випроставшись, вона обтрусила з себе пил. Вони дивилися на неї, але нічого не говорили. «Ви двоє, йдіть вниз, зараз же», - сказала вона, все ще тримаючи в руках теплу ковдру.

Майкл глянув на годинник.

«Зі мною все гаразд, просто чудово. Я буду за хвилину, будь ласка». Вона поклала ковдру назад на ліжко.

«Гаразд», - відповіли вони і пішли.

Коли вони пішли, вона простягла руку через ліжко. Вона вимкнула електричну ковдру з боку чоловіка. Одягаючи домашній халат і капці, вона уявила, що забула вимкнути його ковдру. Чи згорить будинок? Напевно. І це буде її провина. Вона завжди в усьому була винна.

Вона застебнула домашнє пальто, потім поправила зачіску перед дзеркалом. Їй треба було поговорити з Майклом про звану вечерю. На вісім осіб. Сьогодні ввечері. Принаймні, це було не так погано, як минулого разу, коли їх було дванадцять, чи позаминулого, коли їх було вісімнадцять. Проте вона стільки разів просила його в інших випадках, подібних до цього, щоб він попереджав її заздалегідь. Востаннє, коли вона все зробила - ну, майже все, - вона не встигла нафарбувати нігті. Майкл незграбно вказав на це перед гостями, і навіть їхньому синові вистачило емоційного інтелекту, щоб змінити тему, перш ніж вона розплакалася.

У коридорі її капці з кроликами висікали іскри, коли вона йшла, завдаючи їй ударів струмом, коли вона підбирала шкарпетки, нижню білизну і запонки по дорозі. Шматочки і шматки залишали за нею слід, який привів її вниз, туди, де на неї чекали.

Внизу вона стояла в коридорі, що вів до вітальні. Зайшовши всередину, вона побачила і почула, як її чоловік хрумтить тостом, тримаючи чашку з чаєм мізинцем догори. Поруч з ним стояв Томмі, який ковтав рисові пластівці, не відкриваючи рота. Краплі молока і залишки пластівців зібралися між його ногами, видаючи стукіт, коли вони падали на килим.

Вона зробила собі помітку кинути килим у сушарку після того, як вони підуть, полегшено зітхнувши, що тканина на підлозі вбирає рідину, а не забруднює, як вона вважала, останню чисту шкільну сорочку її сина. Вона додала ще одну подумки нотатку, щоб замовити йому нові сорочки - він так швидко ріс, що важко було встигати за його стрибками.

«Доброго ранку», - сказала Марґарет, коли Фред Флінстоун вигукнув: " Вілмо!".

Її сім'я визнала її присутність, глянувши в її бік, а потім разом розреготалася, коли Барні і Фред продовжували свої звичайні витівки. Принаймні, вони ладнали між собою. Флінстоуни були єдиною річчю, з якою вони обидва погоджувалися.

Коли настала рекламна пауза, вона сказала: «Щодо цієї званої вечері, Майкле». Він зменшив гучність на знімальному майданчику. Томмі запротестував, а потім доїв свої пластівці.

«Вибач ще раз», - сказав її чоловік. «Я розмовляв зі своїм босом на вихідних на грі в гольф. Не знаю, як він опинився тут, але наступне, що я зрозумів, це те, що я приймаю цей клятий захід. Не обов'язково з чорною краваткою чи чимось вишуканим. Достатньо трьох страв плюс десерт».

«Хто наші гості? Яку їжу вони люблять? Чи є алергіки? Чи є вегетаріанці?» Вона зробила паузу. «Чому б нам не розпалити гриль?»

«Ні, ідея з грилем чудова для вечірки на вихідних, але це бізнес-зустріч».

Вона зітхнула.

Він продовжив: «Мій бос і його дружина, Джим і Дейв з відділу маркетингу, Люсі та її чоловік Вільям з юридичного відділу. Я думаю, що Люсі може бути вегетаріанкою або веганкою. Ланс з фінансового відділу і його дружина - ми не зустрічалися з нею раніше. Він новачок у нашій команді». Він глянув на годинник і підскочив.

Маргарет схопила його за рукав. Вона вставила запонку, якої не вистачало, а потім втиснулася прямо перед чоловіком, сподіваючись отримати поцілунок.

Майкл на секунду завагався, перш ніж віддав Маргарет те, що дехто міг би кваліфікувати як поцілунок, але це був не поцілунок. Це було більше схоже на поцілунок, зроблений на льоту, коли він пролітав повз неї. Губи пари ледь торкнулися.

Маргарет не встигла вимовити й слова, як Марк грюкнув за собою дверима.

Вона знову обхопила себе руками. На секунду чи дві здалося, що Томмі збирається її обійняти. Вона розтулила обійми, і він у відповідь простягнув руку в її бік відкритою долонею догори. Вона схрестила руки, коли він перейшов прямо до презентації 101.

«Розумієш, мамо, сьогодні день бургерів - два за ціною одного - і мені потрібні гроші. Гроші на благодійність, а я вже витратила всі свої кишенькові гроші цього тижня».

«А як же обід, який я приготувала?»

«Без проблем, я з'їм його на перерві».

Маргарет погладила його по голові, а потім пішла на кухню, де на гачку висіла її сумочка. Зайшовши всередину, вона подивилася на стан своєї кухні. Який безлад! А їй потрібно було приготувати все до вечері, яка мала відбутися сьогодні ввечері. Нічого страшного!

У неї була лише десятидоларова купюра, яку вона поклала йому в руку, що все ще чекала. «Принеси мені здачу», - сказала вона, коли він вийшов з дому, міцно грюкнувши дверима.

У вітальні Флінстоуни завершували виступ словами: «Ви будете мати старі добрі гейські часи!» Маргарет наспівувала, поки перекидала килим через плече, збирала брудні чашку з блюдцем, склянку і миску.

На кухні вона поклала килим у пральну машину, посуд - у посудомийну, а потім налила собі чашку чаю з теплого чайника. Вона повернулася до вітальні, де було менше безладу. Вона прокрутила канали і натрапила на «Суддю Джуді». Вона не могла не захопитися цією жінкою, яка повністю контролювала всіх і все в залі суду.

Її друзі казали, що вона повинна вставати раніше, ніж її сім'я, щоб звести до мінімуму хаос і безлад. Тоді вона була б на чолі ситуації. Інші казали, що вона повинна знайти роботу і виходити з дому раніше за них, щоб вони навчилися дбати про себе. Але вона була така втомлена, сама не своя останнім часом, не кажучи вже про те, що вона не працювала відтоді, як народився її син. Хто б її тепер найняв?

Маргарет дедалі більше була незадоволена своєю долею, адже вона віддала своє життя на потреби тих, кого любила. Її обурювало, що вона завжди віддавала, хоча це був її вибір. Потім вона сідала на потяг провини і жалю до себе. Чи кожна мати пройшла через те саме? Цю порожнечу? Це штовхання і тягнення всередині себе, створюючи порожнечу. Порожнечу всередині, якій вона дозволяла рухатися, як літній шторм, і проливати дощ на все в її житті. Вона була ураганом, який чекав, щоб статися, і сьогодні був день, якого вона так боялася.

Вона прийняла душ і одягнулася, не зупиняючись на сніданок, але знайшовши час, щоб кинути килим у сушарку, і з палким бажанням вибратися звідси. Подалі. Куди завгодно, подалі.

Маргарет спрямувала машину в бік торгового центру і поїхала. Припаркувалася. По дорозі всередину молодий чоловік пас візки. За допомогою вітру кілька з них були призначені для неминучої втечі. Вона подумала, чи не сказати йому щось, щоб полегшити тягар, але натомість усміхнулася до нього. Під ніс він назвав її сукою.

Господиня проігнорувала його і поспішила всередину. Вона не могла не дивуватися, чому її співчутливий жест не приніс нічого, окрім образи. Нічого страшного, подумала вона, переключивши свою увагу на нагальну проблему: підготовку до званої вечері. Але спершу про головне: що вона збирається вдягнути? Чи варто потішити себе новим вбранням? У минулому шопінг допомагав їй підняти настрій. Можливо, це допоможе і сьогодні?

Маргарет пішла коридором моди, знайшовши у вітрині манекен, одягнений у шикарний костюм, який їй сподобався. Вона наважилася зайти всередину, де дзеркала звідусіль атакували її. Вона відступила.

На ескалаторі вона помітила спа-салон для волосся і нігтів. Вона подивилася на свої нігті. Вона вважала за краще робити їх сама вдома, коли знала, що буде вдягнута, - вона знайде час. Але волосся було іншою справою.

Вона стояла біля входу до салону, спостерігаючи за тим, як стилісти рухаються, не поспішаючи. У салоні, схоже, був тихий день, оскільки було зайнято лише одне крісло. Вона хотіла зайти, поговорити з кимось, але вирішила не робити цього, оскільки поглянула на свій телефон. Час спливав, а у неї і так було надто багато справ.

Її увагу привернула миготлива неонова вивіска. На ній було написано

"Подорож до місця своєї мрії. Розпродаж тільки сьогодні!

Більше не Маргарет, вона була Маргаритою на Кубі. Вона уявила себе на Кубі, виконуючи румбу. Потім вона опинилася в Австралії, танцюючи в глибинці. Не може бути! Це було надто далеко.

Її помітив молодий чоловік, приблизно вдвічі молодший за неї. «Я буду з тобою за мить», - сказав він. Він повернувся до своєї розмови по телефону.

Вона наважилася зайти всередину і незграбно зупинилася біля стійки реєстрації. Вона слухала спокійний голос молодого чоловіка. Іноді він з посмішкою визнавав її присутність. Через кілька хвилин він замовк і поклав руку на телефонну трубку.

«Пригощайтеся кавою або водою, поки чекаєте. Я ненадовго. І не соромтеся переглядати брошури та журнали. Я зараз прийду».

Маргарет налила собі гарячої кави, додала вершки і шматочок цукру. Вона подивилася в бік молодого чоловіка, який розмовляв по телефону, коли помітила коробку з печивом. Ніби шукала його дозволу.

Він знову поклав руку на слухавку: «О, так, візьміть собі одне-два печива. Будь ласка».

«Дякую», - прошепотіла вона, беручи печиво. Це був шоколадний рай.

Поки вона чекала, вона погортала кілька журналів. Перший був про Швейцарію. На ньому Меґі готувалася до катання на лижах у Церматті, а високий, світловолосий і вродливий лижний інструктор на ім'я Свен допомагав їй з лижами. Вони закінчили катання, і він запропонував їй чашку гарячого какао. Вона зомліла і потягнулася до нього, а потім відмахнулася від нього.

Вона взяла іншу брошуру про Гаваї, уявляючи себе на пляжі у Вайкікі, де танцює гавайські танці з Джорджем Клуні. Потім вона подивилася вниз, усвідомивши, що на ній бікіні, і закричала.

Маргарет повернулася до реальності, подивившись у бік молодого чоловіка, який все ще розмовляв по телефону. Він не помітив її спалаху. Фух. Вона відкусила ще один шматочок шоколадного печива. Про те, щоб одягнути бікіні чи будь-який інший купальник, не могло бути й мови.

На стіні вона помітила плакат, що рекламував поїздку до Британії. «Біфітери». У цих божевільних високих капелюхах. Тепер вона була Кеті, яка шукала Хіткліф на Йоркширських болотах. Був дуже холодний і вітряний день, але вони йшли і насолоджувалися свіжим повітрям...

«Можу я вам допомогти?» - запитав молодий чоловік.

Хіткліф зник. «Та я просто сплю», - відповіла Маргарет з розчервонілими щоками.

Молодий чоловік клацнув на клавіатурі, дивлячись на екран. Він повернув комп'ютер до неї. «Це сьогоднішні одноденні пропозиції, зроблені в останню хвилину. Щойно надійшли!»

Заінтригована, вона підійшла ближче.

«Якщо вас цікавить Англія, такої ціни ви більше не знайдете».

«Я завжди хотіла побувати у Великій Британії».

«У цю ціну, - сказав молодий чоловік, - входить оренда автомобіля і комбінація готелів і пансіонів. Ви можете подорожувати, а потім вибрати, де хочете зупинитися і залишитися».

«Я не знаю, як туди доїхати, хіба вони не їздять по той бік?»

«Це правда, але ви швидко освоїтеся».

***

Маргарет повернулася додому і замовила їжу на винос. Вона вибрала різноманітні страви з меню, щоб задовольнити будь-які потреби. Вона поклала в холодильник Шардоне, Рожеве і пиво. Чотири пляшки червоного вина вона поставила на полицю для вина.

Вона пов'язала фартух на талію, а потім взялася за пилосос і витирання пилу. Вона перестелила чистий килим у вітальні. Коли все було ідеально, вона накрила стіл на сімох осіб. Майкл не хотів ризикувати, щоб Томмі влаштував сцену. Не на очах у свого боса та колег по роботі. Вона приготувала тацю і поставила її на стіл, щоб він міг віднести її до своєї кімнати.

Маргарет пішла до своєї кімнати і спакувала валізу та ручну поклажу. Вона замовила Uber, щоб відвезти її в аеропорт.

Через три години вона сіла на літак і незабаром вже летіла до Великої Британії.

Коли вона дивилася в ілюмінатор, на якусь частку секунди її охопило почуття провини. Вона боролася з ним.

Вона залишила записку на холодильнику, в якій повідомила, що їде.

Маргарет не написала, куди вона їде і коли повернеться.

Не сказала також, що купила квиток в один кінець. Вони б з'ясували це.

ПАРАСОЛЬКА І ВІТЕР

Була п'ятниця, 13-го, і вітер шаленів навколо. Речі, які не повинні були літати, підстрибували і рикошетили. Знову і знову. У сальто навколо мене.

У такий день деякі пенсіонери могли б залишитися в ліжку, але не я. Навіщо мені було виходити на вулицю в такий жахливий день? З цієї причини і тільки з цієї причини - мені потрібна була чашка міцної кави.

Отже, я грала в додгем, ухиляючись і пірнаючи, щоб вийти з дому і сісти в машину. Потім я попрямував до найближчої кав'ярні. Я був не єдиним сміливцем, який відважився поринути у невідомість, щоб вилікувати свою кофеїнову залежність.

Черга рухалася вперед, просуваючись на кілька сантиметрів. Я зробив замовлення на екстра-міцне ванільне лате, а потім машина поповзла до віконечка, щоб розрахуватися. Я потягнувся за гаманцем і виявив, що залишив його вдома.

Жінка біля віконечка простягнула руку, але втягнула її назад, щоб уникнути маленької гілки, яка зачепила моє вікно, а потім відскочила в її вікно.

«Поміняйте», - сказала я, коли жінка знову простягнула руку. Я все ще нишпорив у бардачку та відсіках для стаканчиків. Порахувавши, я мав сімдесят вісім центів. Під сидінням лежав ще один долар. Я продовжував шукати, а машини позаду мене чекали, і хлопець, що їхав прямо за мною, посигналив, а за ним і інші.

«Досить», - сказала жінка, забираючи монети і простягаючи мені каву.

Я посміхнулася своєю найкращою посмішкою і сказала: «Дякую», зачинила вікно і від'їхала, безмежно вдячна. Кава пахла, як рай, але я не наважувався зробити ковток до першого червоного сигналу світлофора.

Поки я чекала, потягуючи, смакуючи, нелюдська парасолька розбила дерев'яною ручкою моє лобове скло, а потім відскочила і приземлилася на гілці дерева, що стояла поруч.

Я навіть не усвідомлював, що кава обпікає мене, доки не змінилося світло. Я благополучно зупинився і вийшов з машини. Ніщо так не обпікає, як гаряча кава, що стікає по нозі в шкарпетки та взуття. Я потрусив ногою, як собака, який щойно викупався.

Я знав, що це станеться, але було вже запізно.

Ця клята парасолька. Знову.

***

Я прокинулася, все ще на парковці, з дерев'яною ручкою парасольки, обмотаною навколо шиї. Я сильно впала, але встигла вхопитися за дверцята машини, коли падала, що було з одного боку добре, а з іншого - погано, бо приховувало моє скрутне становище.

Бетон піді мною був холодним і пористим. Я спробувала встати, і вітер підхопив парасольку, продовжуючи свій шлях, як перекотиполе.

Я ще не стояла, а рвонулася вгору, притискаючи свою вагу до дверцят автомобіля. Раптове клацання дверного замка не віщувало мені нічого доброго - я залишила ключі в замку запалювання. Я намацала свій телефон, швидко зрозумівши, що він залишився вдома, в сумочці.

Я притулилася до машини зі схрещеними руками в надії привернути увагу доброго самаритянина.

Вдалині я помітила парасольку, яка проклала собі шлях в інше місце. Упс. Зустрічний автомобіль, намагаючись уникнути дервіша, що кружляв, врізався в задню частину іншої машини. Хтось би зараз викликав поліцію. Я б теж помахав їм рукою, щоб вони допомогли мені. Усе гаразд.

Невдовзі клята парасолька знову зірвалася і на повній швидкості помчала в мій бік. Невже я був магнітом для парасольок? Цього разу вона злетіла високо, кружляючи. Вдалині це було щось прекрасне. Він відкрився небу у всій своїй чорноті. Це заворожувало, так високо вона злетіла, і ви знаєте стару приказку: «Що летить вгору, те й падає», так от, вона виявилася правдивою, коли ця клята штука впала на землю з потенційною можливістю вибити мене з колії назавжди. Як і в девізі бойскаутів, я був готовий і замість того, щоб чекати, поки він зіткнеться з моєю головою, я простягнув руку і схопив його за ручку.

Я тримався за ручку, сподіваючись, що це не сама Мері Поппінс. Мої ноги відірвалися від землі, але лише на секунду чи дві, перш ніж я почула сирени і шльопання черевиків по бруківці.

Молода жінка зімкнула свою руку з моєю на ручці. Ми встояли на ногах, коли на вулиці почулися кроки, а власниця натиснула на кнопку і закрила розбірний навіс.

***

Після дивного ранку я пішов додому і закинув ноги на спину, відмовляючись рухатися, поки не вщухне вітер. Я дотримувався плану, поки мій син не попросив мене забрати його о 7:30 з дому його друга на іншому кінці міста. Батьки повинні були привезти його додому, але вони були знервованими водіями, тому я покликав їх.

Тріщина у вигляді яблучко на лобовому склі була постійним нагадуванням про те, як пройшов мій день. Я все ще чекала на повідомлення від страхової компанії про франшизу. Вони розслідували версію «непереборної сили».

Я зв'язався з поліцією, яка сказала, що перевірить факт існування парасольки, але не те, що вона була пов'язана з моїм лобовим склом. Коли вони побачили мене, я тримав її в руках.

Почуваючись вкрай злим на людину, яка не змогла втримати свій навіс з тканини, я майже вирішив написати заяву до міської ради з проханням видати ліцензію на продаж парасольок. Тоді я міг би змусити їх заплатити мою франшизу, а ще краще - подати до суду.

Я завела машину і з'їхала з під'їзної доріжки, пам'ятаючи про літаючі предмети, коли мені впала в око зелена пляшка. Вона крутилася і крутилася по колу, наче уявні люди, що грають у гру «Розкрути пляшку». Більшу частину часу вона не відривалася від землі і була схожа на довгастий зелений космічний корабель, який злітав, піднімався все вище і вище, потім падав, крутився і знову злітав. Я продовжував йти, за збігом обставин, у тому ж напрямку, куди летіла пляшка.

Коли я побачив чоловіка і жінку, які йшли назустріч один одному, поки пляшка небезпечно перекидалася, я відчинив вікно і гукнув їх. Коли вони не відреагували, я посигналив. Пляшка, тепер уже високо в повітрі, почала вільно падати до них.

Пляшка впала, з усієї сили вдаривши жінку по голові. Зелена ємність відскочила рикошетом і з'єдналася з головою чоловіка. Байдужий зелений об'єкт піднявся і впав кілька разів, перш ніж зупинився біля стовбура дерева.

Я увімкнув проблискові маячки і заглушив двигун, перш ніж знову вийти з машини на небезпечний вітер.

Чоловік і жінка були при свідомості, але не рухалися і не намагалися встати. Я промацав пульс жінки, потім чоловіка і оцінив ситуацію, згадавши свої багаторічні тренінги з надання першої допомоги. Я набрав 911. Диспетчер поставив кілька запитань, але тріск позаду нас змусив людей сісти

Ми дивилися, як вітер продовжував ревіти, піднімаючи пляшку в повітря. Велична плакуча верба нахилилася, щоб повернути її, але було занадто пізно. Вітер переламав її товстий стовбур навпіл, і коли дерево впало на землю, відлуння розгойдало землю під нами.

«Давай!» крикнув я.

З вітром, що наступав нам на п'яти, ми кинулися навтьоки.

***

Як тільки ми дісталися до притулку моєї машини і пристебнулися, я вдарив по підлозі. Коли пляшки вже не було видно, ми поїхали далі, щоб забрати мого сина.

Після кількох хвилин, коли ми перевели подих, ми представилися.

Брент Велч був високим і дуже красивим чоловіком, з темним волоссям і блакитними очима. У нього була ямочка на підборідді, як у Кері Гранта. Він був партнером у місцевій юридичній фірмі, дуже добре говорив, мав приємні манери і був неодружений.

Айлін Менні, також неодружена, мала довге світле волосся і дуже багато макіяжу. Вона була стриманим і небагатослівним представником косметичної компанії, тож її «обличчя було її палеткою».

Я представилася. «Мене звати Еліс Мітчелл. Я нещодавно овдовіла і вийшла на пенсію, вчителька середньої школи».

Тепер, коли ми були знайомі, вони подякували мені за те, що я їх врятувала. Потім вони запитали про тріщину на лобовому склі, саме тоді, коли Джаспер заліз у машину і пристебнувся.

Після знайомства я продовжив розповідати історію про парасольку. Мої пасажири реготали зі сміху.

«Що тут смішного?» запитав я.

«Це не могло статися ні з ким іншим», - відповів Джаспер.

Ми вирушили додому, висадивши Марка та Айлін по дорозі.

Коли ми нарешті приїхали, я зрозуміла, що до кінця цієї більш ніж насиченої подіями п'ятниці 13-го залишилося ще дві години. Я залізла в ліжко, накрилася ковдрою і спробувала заснути.

Я й гадки не мав, що на мене чекає.

***

Наступного ранку, в суботу 14-го, мені знадобилося кілька хвилин, щоб прокинутися. Мені здавалося, що уві сні дзвонять у двері, аж поки мій син Джаспер не постукав у двері моєї спальні.

«Мамо, це до тебе - поліція».

Я відкинула ковдру, натягнула через голову нічну сорочку, замінила її на спортивний костюм і пальцями розчесала волосся, перш ніж вийти.

Мій син, який не дуже розуміється на етикетних речах, хоча й був вихований з чудовими манерами, залишив офіцерів стояти на ганку.

Коли я просунула голову назовні, наполовину всередину, наполовину назовні, піднявся вітер і ледь не вирвав двері з моїх рук.

Зовнішній вигляд офіцерів був розпатланий, що в старі часи називали «обвіяний вітром і цікавий». Кремезна пара офіцерів була досить вродливою, щоб підробляти стриптизером у «Грім з-під землі». Я запросила їх зайти.

«Ні, дякую, мем», - сказав білявий хлопець, який, коли зняв капелюха, був схожий на іншого хлопця, того, який не був "Пончем" з C.H.I.P.S., - "Джон".

«Джон», - вимовив я вголос, сам того не бажаючи (ім'я блондина з C.H.I.P.S. щойно спало мені на думку).

«Мене звати Маршалл», - відповів блондин. «Мій напарник - офіцер Ремсі».

«Приємно познайомитися. І що я можу для вас зробити?»

Блондин сказав: «Вчора ми отримали від вас повідомлення про кинутий виклик 911, чи не могли б ви пояснити, що сталося?»

«Я побачила чоловіка і жінку, які йшли назустріч один одному, чекаючи на червоне світло. Я помітив пляшку».

«Під час польоту?» запитав Ремсі.

Я кивнув. «Так, пляшка піднялася вгору, а потім знову опустилася вниз. Я спробував привернути їхню увагу, але перш ніж я зрозумів, пляшка влучила спочатку в жінку, а потім у чоловіка. Обидва впали на тротуар, дуже сильно».

«У якому стані вони були, коли ви до них дісталися, і скільки часу вам знадобилося, щоб дістатися до них?» запитав Джон, тобто Маршалл.

«Я припаркувався за лічені секунди і одразу перейшов на їхній бік».

Ремсі був тим, хто записував, він записував усе, що я говорив.

Маршалл тримав свій телефон спрямованим на мене; він записував все, що я говорив.

Я здогадувався, що це нормально, хоча тоді я не ставив це під сумнів.

«Вони були притомні, дихали і мали сильний пульс. Переконавшись у цьому, я зателефонувала 911».

«Що сталося потім?»

«Впало величезне дерево, і ми побігли до моєї машини».

«Хтось із них просив викликати лікаря чи звернутися до швидкої допомоги?»

«Ні, вони не спали. Ми сміялися і розмовляли. Їхні будинки були по дорозі назад, ми їх висадили, і це не становило жодних проблем».

Ми мовчали.

***

«Що це все означає?» запитав я, відчуваючи, як вітер пронизує мій спортивний костюм.

«Ти коли-небудь зустрічав когось із них раніше?» запитав Маршалл. «Зрештою, їхні будинки недалеко від твого».

«Ні.» Я стояла мовчки, намагаючись зрозуміти, до чого вони ведуть своїми запитаннями. Яке це мало значення, чи бачила я когось із них раніше? Усередині мій син увімкнув телевізор, і звук пролунав як вибух. Я зачинила за собою двері і вийшла.

«Що це була за пляшка?» запитав Ремзі.

«Це була зелена пляшка».

Два офіцери обмінялися поглядами.

«Чи правда, що вчора у вас був ще один інцидент, пов'язаний з парасолькою?» запитав Маршалл.

«Так, це була жахлива п'ятниця 13-го».

«Справа в тому, - сказав Ремсі. «Велч і Менні загинули.»

***

Я прокинувся від того, що знепритомнів, і на мене дивилися три стурбовані обличчя. Два з них належали офіцерам Ремсі і Маршаллу. В руках вони тримали примірники «Рідерз Дайджест», якими махали мені, як фанати. Інше належало Джасперу, який тримав склянку з водою, з якої він періодично бризкав краплями мені на чоло.

«З тобою все гаразд, мамо?»

Я не була впевнена на сто відсотків. Проте я спробувала сісти, щоб уникнути подальших нападів «Рідерз Дайджесту» та води.

«У тебе був невеликий шок», - сказав Ремсі, коли до мене підійшли двоє лікарів швидкої допомоги. Один перевірив мій пульс, інший надягнув тонометр і почав відкачувати кров. Обидва сказали: «Все добре».

Я спробував провести їх до дверей, але вони сказали, що в цьому немає необхідності.

Ремсі сів навпроти мене.

Метелики в моєму животі пурхали, і я все ще відчувала себе трохи делікатною, оскільки питання про літаючі пляшки, що вбивають людей, крутилися в моїй голові.

Я думала, що це лише остання думка, поки Ремсі не відповів: «Ми ще не знаємо причину смерті. Коронер оглядає тіла».

«Ми помітили, що у вас велика тріщина на лобовому склі, - сказав Маршалл. «Хтось із них наїхав на неї?

«Ні, її спричинила парасолька».

«Думаю, ми отримали достатньо інформації», - сказали офіцери.

Джаспер провів їх до виходу.

Я пішов на кухню, заварив собі міцного чаю і відкрив пачку шоколадного печива. Ззовні було чути, як вітер гойдав листя, кружляючи його навколо. Я відчинив задні двері і попросив матінку-природу зупинитися.

Як і очікувалося, вона проігнорувала моє прохання.

***

Неділя була тихим днем. Я трималася сама по собі, а Джаспер поводився зі мною так, ніби це був День матері: сніданок, обід і вечеря в ліжку. Все ще перебуваючи в шоці, я з радістю прийняла роль інваліда на один день і тільки на один день.

У понеділок вранці я першим ділом поїхала до майстерні по заміні скла. Все, що мені потрібно було зробити, це заплатити франшизу, і вони полагодять його на місці.

У мене задзвонив телефон, і це був офіцер Ремсі. Він попросив мене приїхати у відділок: «І пригнати машину».

Я пояснив, де я і чому. Він сказав, що моя машина «під слідством». Сказав, що я буду без машини кілька днів.

Я сказав, що приїду якнайшвидше, і вийшов з приміщення.

Пізніше, стоячи на червоному світлі, я помітив молоду пару, яка йшла, тримаючись за руки. В іншій руці у нього була чашка кави. Вона пила з зеленої пляшки. Однієї миті вони були щасливі, а наступної вона впустила його руку, наче це була гаряча картопля. Він, у свою чергу, впустив свою гарячу каву, і вона розлилася по його штанах і черевиках.

За якусь мить він вдарився об дно її пляшки, і вона злетіла в повітря. Ті з нас, хто чекав на ліхтарі, бачили, як вона злетіла вгору. Вона була схожа на ракету, що злетіла просто в небо.

Вона впала якраз тоді, коли молода пара подивилася вгору.

Спершу воно влучило в голову жінки, відскочило від голови чоловіка і покотилося по тротуару на вулицю.

Я вискочив з машини, як постріл, і по дорозі набрав 911. За мною побігли інші, виходячи зі своїх машин. Ми заблокували все перехрестя.

Дівчина була без свідомості, а чоловік був у свідомості.

«Швидка допомога вже їде», - сказав я.

Ми почули сирени. Побачили поліцейські машини.

«Що ви тут робите?» запитав Ремсі.

«О, Боже», - відповів я.

***

Я пояснив ситуацію. Цього разу було багато свідків.

Після того, як карета швидкої допомоги занесла пару всередину і від'їхала, офіцери наказали всім, крім мене, покинути територію. З більшістю свідків вони вже встигли поговорити.

«Ви мене заарештовуєте?»

Вони обмінялися поглядами.

«Ви все ще хочете конфіскувати мою машину?» Я хизувався, я бачив багато поліцейських серіалів.

«Ви можете йти додому», - сказав Ремсі.

«Ми знаємо, де ти живеш», - сказав Маршалл з посмішкою. «Тільки не виїжджай з міста, гаразд?»

Я розсміявся і пішов своєю дорогою.

***

По дорозі додому не було ніяких інцидентів.

Я поставила смажену курку в духовку, почистила картоплю і нарізала овочі, весь час думаючи про повітряно-зелені пляшки.

Я пішов до свого офісу і набрав «літаючі пляшки» в пошуковій системі. Це привело мене до хлопця на YouTube, який поклав цукерку всередину пляшки, а потім розбив її об землю. Нічого не сталося. Заінтригований, я продовжував дивитися. Наступного разу, коли він розбив її, пляшка, з'єднавшись з обличчям оператора, злетіла в повітря, як ракета.

Потім я натрапив на експерименти «Руйнівників міфів», які підтвердили, що повна пляшка може розбити череп. І навпаки, порожні пляшки не могли - цей міф був по-справжньому зруйнований двома нещодавніми смертями.

Я вимкнув комп'ютер. Я не хотів більше про це думати.

Як по команді, увійшов Джаспер. «Все гаразд, мамо?»

Я розповіла йому про останній інцидент і експерименти на YouTube.

«Ти жартуєш, так?»

Я похитала головою і пішла на кухню помішувати картоплю.

«На додачу до всього, офіцери, яких викликали на місце події, були Ремсі та Маршалл. Вони, мабуть, думають, що я наврочила».

«Це маленьке містечко, ми всі лізємо в чужі справи. Хтось записав інцидент на телефон?»

З вуст немовлят. Якби записали, то це могло б бути викладено в Інтернеті. «Як його знайти? За якими ключовими словами?»

Ми повернулися до мого кабінету, і, звичайно ж, воно було там.

«Ви повинні розповісти офіцерам».

Офіцер Ремсі відповів одразу. Джаспер надіслав йому пряме посилання, а я розповів йому про деталі.

Картопля була майже готова, тому я вилила воду і додала трохи солі та перцю.

Ми з Джаспером сіли вечеряти під звуки телевізора на задньому плані. Показували новини про подружжя, яке постраждало від пляшки. Ми відклали столові прилади і підсіли ближче. Диктор сказав, що стан дівчини був критичним, але, на щастя, стан хлопця був стабільним.

Ми вже не були голодні.

***

Я майже не спав, мене все крутило і ворочало.

Врешті-решт я здалася і зробила собі чашку чаю.

Я стояла, тримаючи її в руках, і дивилася у вікно на вітер, який все ще дув і кружляв все навколо. Я тремтіла.

У моєму житті хороші та жахливі речі завжди траплялися по троє.

Я зайшов до свого кабінету і натиснув на інформацію про надприродні явища, включаючи передчуття. Всі знаки були там. Всесвіт намагався мені щось сказати.

Але що саме?

Знаки вказували на те, що це міг бути злий дух, хтось, кого вбили або вбили передчасно. Хтось, хто блукав навколо, шукаючи помсти. Я не бачив ніякого зв'язку з жертвами. Вони були абсолютно незнайомими людьми.

Я почав несамовито друкувати на машинці. Складання списків завжди допомагало мені розібратися в собі.

У стовпчик номер один я вписав себе. Неодружена. Вдова. На пенсії. Один син. Заміжня 35 років. Чоловік помер від раку товстої кишки. Четверта стадія. Обоє батьків померли. Я була єдиною дитиною. Наша сім'я завжди жила тут. Наш родовід сягає корінням у цю місцевість.

У списку номер два я поставив Брента Велча. Йому було тридцять три роки, він був адвокатом. Я погуглила його некролог. Він був неодружений. Ніколи не був одружений. Жив один. Його родовід також походив з цієї місцевості. Чому ми ніколи не зустрічалися раніше? Його родичі відіграли важливу роль у перетворенні нашої громади на придатне для життя місце ще за часів першопрохідців. Його батько і мати померли. Він був єдиною дитиною.

У нас було дещо спільне. Це змусило мене сісти.

У наступній колонці я записав Айлін Менні. Їй було тридцять дев'ять років. Мала сестру-близнючку на ім'я Естер, яка жила неподалік. Ось вам і теорія. Вони мали місцеве коріння, але не таке давнє, як у нас з Брентом. Ейлін була одружена, але її чоловік помер. Батьки Ейлін були живі, але вони переїхали. Дочка Ейлін ходила до тієї ж школи, що й Джаспер. Дивно, що ми не перетиналися раніше.

Мої списки містили мало інформації і абсолютно нічим не допомогли.

Сонний, я повернувся до ліжка, де списки марної інформації крутилися в моїй голові.

***

Дощ був надзвичайно сильним, але хмари були не на своїх звичайних місцях. Натомість вони були піді мною. Дощ лив, як з-під землі. Ще одна ознака зміни клімату та забруднення міст?

Я пливла поза собою, в той час як мої ноги залишалися міцно посадженими всередині моїх Ніжних Кісточок. Ноги були сховані під квітчастою різнокольоровою спідницею в стилі шістдесятих. Вітер розвівав її, оголюючи їх, а спідниця то здіймалася, то знову опускалася. На талії був ремінь з дуже товстої коричневої шкіри. Він був занадто тугий, стискав мене.

Я була мертва?

Я вщипнула себе. Значить, не мертва.

На мені була біла блузка з високим комірцем з оборками і намисто, чорні намистини, чотки. Я перебирала прохолодні намистини крізь пальці, намагаючись розібрати їх, але не могла пригадати, що з ними робити.

Вітер підхопив мене, поніс. Вітер ніс мене то вперед, то назад.

Моє довге волосся зміїлося по спині в одну тугу косу.

Я стояла на клаптику землі, над хмарами. Тут було не так багато простору, щоб пересуватися, не боячись впасти.

«Мамо! Мамо! Прокинься! Прокинься, будь ласка.»

Це був Джаспер. Я повернулася.

Я закричала, коли зелена вогняна куля обпалила моє волосся і розплавила чотки. Воно стікало по моїх грудях і крізь пальці.

***

Я сіла і подивилася на свої пальці, очікуючи побачити зелені плями, але вони були чисті, як свисток. Це був не що інше, як поганий сон.

Мій син все ще кликав мене. Я побігла до вітальні і кілька разів розплющила і заплющила очі, щоб запевнити себе, що бачу те, що бачу. Який жах!

Зелена штука проломила дах мого будинку. Спускаючись до свого останнього притулку (підвалу), вона трощила і знищувала все на своєму шляху, розбризкуючи навколо мого будинку неоново-зелену речовину, наче собака, що мітить свою територію. Зелений відтінок міг би бути приємним штрихом, якби його не було так багато і якби він не розбризкувався безладно.

«Що це таке?»

«Ти що, не чув?» запитав Джаспер. «Це було схоже на звуковий вибух».

Я підійшов ближче до діри. Я нічого не чув. Я спав, бачив сон. Тепер я не спав і не мав слів. Я схрестив руки і подивився вниз. З неї піднімалася пара. Я простягнув долоню, і хоча це було поверхом нижче, я відчув, як піднімається тепло. Я спробувала заговорити, але слів не було.

Джаспер дивився і чекав, що я щось скажу.

Це не виглядало як щось особливе, вмонтоване в підлогу мого підвалу. Він не був ні круглим, ні квадратним, ні яйцеподібним. Він був багатогранний, тривимірний, сферичний, майже евклідів, суцільний додекаедр.

«Може, покликати когось?» запитав Джаспер, перехилившись через край поруч зі мною.

«Не знаю, кому нам варто дзвонити. Ми не постраждали, це будинок постраждав. Це не привид, тому команда мисливців за привидами не допоможе. Я не впевнений, що Ніл де Грасс Тайсон або будь-який з наукових журналів виїжджає на виклик».

Джаспер розсміявся. «Я б дуже хотів, щоб Стівен Гокінг був ще живий».

«Я думаю, що це більше схоже на Стівена Кінга», - сказав я.

Ми були в стані шоку, але тримали себе в руках за допомогою гумору.

«Нам треба спуститися туди і подивитися ближче».

«Я не знаю, мамо, ця штука випромінює тепло. Мені здається, що я отримую сонячний опік, просто стоячи тут».

Він мав рацію, але я цього не помічала, бо припливи в моєму віці були нормою.

«А як щодо поліції?» запитав Джаспер, дістаючи свій телефон і роблячи кілька фотографій.

«Не знаю, чим вони можуть допомогти, але принаймні вони на відстані їзди». Я з жахом думала про розмову з офіцерами Ремсі та Маршаллом.

«Я сфотографував це, - показав мені Джаспер, - коли воно пролетіло крізь дах».

Фотографія цієї штуки, що падала вниз, показувала, як вона складалася і розкладалася прямо перед ударом.

«Воно спотворене», - сказав Джаспер. «Він рухався дуже швидко».

Я набрав номер поліції, але у офіцера Ремсі був вихідний, тому я попросив покликати офіцера Маршалла. Після моїх пояснень він запитав: «Це що, жарт?».

Відправивши фото раніше, я відправив його і зараз. Доказ. Я зачекав.

Офіцер Маршалл запитав, чи хтось постраждав, і я підтвердив, що постраждав лише будинок. Я пояснив, що ми маємо намір спуститися вниз і подивитися ближче. Він запропонував дочекатися його і перевірити все разом.

Поклавши слухавку, ми з Джаспером пішли на кухню, і я поставив чайник.

«З усіх будинків у світі, чому саме наш?» - запитав він.

«Я щойно подумав про те ж саме, синку». Я також думав про страхову компанію і про те, що вони скажуть. Спочатку розбите лобове скло, а тепер зруйнований будинок. Я налив води в розчинну каву, і ми сіли.

«Якби це було зроблено з нефриту, ми були б смердючими багатіями», - сказав Джаспер.

«Так, китайці називають нефрит небесним камінням».

Ми пили каву і ходили, дивлячись вниз, на тепло, що лилося від неї. Зростаюче. Я подумав, що може бути досить спекотно, щоб підпалити решту будинку. Я вирішив викликати пожежників.

***

Незабаром у наші двері почали дзвонити несподівані гості. Це були не поліцейські чи пожежники. Це були наші сусіди. Вони почули аварію, зібралися і прийшли розслідувати (і перевірити, чи з нами все гаразд).

Вони проштовхнулися всередину, побачивши, що зі мною і Джаспером все гаразд.

«Тут справді спекотно», - сказав Артуа, що жив навпроти. Він був відомий тим, що констатував до біса очевидні речі.

«Що це?» - запитала його дружина, зазираючи в дірку.

«Твоя здогадка не гірша за мою», - відповів я.

«Тут поліція», - сказав Джаспер і пішов впустити їх.

«Розходьтеся по домівках», - наказав офіцер Маршалл, але ніхто не зрушив з місця.

Прибули пожежники зі шлангами напоготові. Вони пішли за теплом і обприскали об'єкт зверху. Замість того, щоб стати прохолодніше, він шипів і плювався. Виходило більше пари. Ставало все гарячіше, аж до того, що на нас плавився одяг.

«Назад! Відійдіть назад!» вимагав офіцер Маршалл. Хлопці в захисному одязі не відчували спеки так, як ми. За лічені секунди вони припинили водний штурм.

Якраз тоді приїхав представник страхової компанії: «Ого!» - сказав він.

Це було останнє, що я почув.

***

Я прокинувся в ліжку з ковдрою, натягнутим до шиї, впевнений, що мені наснився поганий сон про зелену штуку, яка падає зі стелі. Я вийшов, щоб дослідити.

У вітальні я побачив гігантський скребок, який опускали в отвір з наміром підняти зелений кратер з мого будинку. Це звучало як хороший план.

Рот цієї штуки відкрився, великий, більший, а потім настільки великий, наскільки міг. Воно зайшло під нього, тримаючи щелепи напоготові, і затиснуло його.

«Всі системи готові!» - крикнув хтось.

Апарат скрутився і заскрипів. Він заспівав, а потім здався зі зітханням і зламаною щелепою. Металеві зуби погнулися і закрутилися, коли те, що залишилося прикріпленим до підйомного пристрою, підтягнулося назад.

«І що тепер?» запитала я.

«Мем, - відповів офіцер Маршалл, - чому б вам з сином не зняти номер в готелі на кілька днів? Можливо, у вас навіть є страховка, щоб покрити витрати».

«Воля Божа», - відповіла я.

«Мій шурин - страховик, і я запитав його про це. Він сказав, що більшість полісів покривають метеори, тож якщо ми зможемо визначити, що це метеор, то все буде покрито».

«А хто вирішує, що це метеорит, а що ні?»

«Ми зв'язалися з кимось, хто може дати нам пораду або вказати нам правильний напрямок».

Я сів у своє улюблене крісло — без винятку мій маленький шматочок спокою в хаосі.

***

Коли ніхто не дивився, я спустився вниз, щоб ближче роздивитися цю річ. Коли я наблизився, здавалося, що це був звук, гудіння або дзижчання, яке ставало сильнішим, чим ближче я підходив, на додаток до збільшення тепла. Був також запах, який змусив мене затулити ніс рукою.

Стоячи біля нього, я відчув, що все перевернулося з ніг на голову. Насправді, коли я подивився вгору, гості, які стояли у вітальні, були дзеркальним відображенням внизу, ніби їхні тіла були на верхньому поверсі, а їхня тінь внизу плавала по підлозі разом зі мною. Це було дивне відчуття, ніби я була внизу, але не одна.

Тіні були дзеркальними зображеннями із зеленим світлом, енергією, що вела до об'єкта. Я вивчала гостей нагорі та їхнього сусіда внизу; коли вони рухалися, їхня тіньова енергія також рухалася.

Я обійшов навколо одного з променів і наблизився до впалої маси, і тепло зменшилося. Якби я пішов за візерунком, використовуючи тіньову енергію, то зміг би наблизитися до впалого предмета.

Розглядаючи його уважніше, я звернув увагу на прорізи на поверхні речі. Вони були схожі на очі, але не було зіниці, повік і вій. Після того, як я покружляла навколо, у мене запаморочилося в голові.

Щоб втриматись, я сперся рукою на стіну. Наступне, що я пам'ятаю, це те, що стіна зсунулася, і я опинився за межами свого будинку. Стіна мого підвалу перетворилася на турнікет.

Окрім трави, ніщо не виглядало так, як мало б виглядати. Сараю не було, так само як і велосипедної стійки та велосипеда мого сина. Крім того, всі сусідські будинки були зруйновані.

Я почала йти, шкодуючи, що у мене немає мотузки, прикріпленої до будинку, щоб зачепитися на випадок, якщо я заблукаю,

Я підняла голову, а там не було ні сонця, ні неба. Замість них була лише зелень над головою і навколо, за винятком дерев. Дерева були без гілок, лише стовбури тягнулися до неба.

Я вщипнула себе, щоб переконатися, що не сплю. Я не спала.

Я розвернувся і подивився на свій будинок. Об'єкт, що зазіхав на нього, був видимий, наполовину всередині, наполовину зовні.

На мить я хотіла повернутися назад, аж поки мене не охопило почуття. Мені захотілося співати, і я заспівала. «Зелена, зелена трава дому» Тома Джонса .

Похитуючись і танцюючи сама з собою, я ніби пливла в хмарі. Потім в голові з'явилася рука, рука мого чоловіка Лютера.

Я обійняла його за шию, а він зробив те ж саме навколо моєї.

Ми цілувалися і танцювали.

Коли пісня закінчилася, він вклонився, поцілував мене і зник.

Я витерла сльозу.

***

Відчуваючи себе ще більш самотньою, ніж у день його смерті, я обхопила себе руками і попрямувала до будинку.

Коли я повернулася всередину, мене знову привернув об'єкт, який, здавалося, рухався і гудів. Щось ще, він обертався проти годинникової стрілки.

Нагорі я почув крик, а потім гуркіт. Тіло провалилося крізь отвір, з'єдналося з його тіньовою енергією, а потім зупинилося на поверхні об'єкта. Плоть чоловіка шипіла і випльовувалася, поки все, що залишилося - це Х-подібна форма, де руки і ноги чоловіка розпласталися.

Мій шлунок вивернуло, коли я піднявся нагору.

***

Порожні обличчя говорили самі за себе.

Я підійшла до Джаспера і запитала, хто цей чоловік. Він пояснив, що це оператор місцевої газети. Він намагався зробити найкращий кадр, але занадто нахилився.

«Всі на вихід!» наказав Маршалл. Цього разу він не приймав відмови.

Ми з Джаспером знову мали наш дім у своєму розпорядженні, принаймні те, що від нього залишилося.

***

Офіцер Маршалл і ще два офіцери стояли перед моїм будинком.

Прибули ще два офіцери, які розташувалися ззаду.

Вони обгородили територію стрічкою. Змусили цікавих сусідів перейти вулицю.

Ми з Джаспером відсунули штори і визирнули на вулицю саме тоді, коли процесія чорних автомобілів з вереском зупинилася. Двері відчинилися одночасно, як у сцені з фільму « Люди в чорному». Чорні костюми. Променеві окуляри.

«О, Боже», - сказав офіцер Маршалл. «Я думаю, що експерт, з яким ми зв'язалися, міг повідомити владу».

«Боже, він це зробив», - сказав я.

«Ого», - вигукнув Джаспер, побачивши єдину жінку в цьому антуражі.

Вона була одягнена в червоний костюм-двійку з жакетом на замовлення і спідницею вище коліна. Під жакетом була біла блузка з відкритим комірцем і намисто з діамантовим серцем. Завершувала образ пара семидюймових червоних туфель на підборах і відповідна сумочка.

Чоловіки стримано дивилися, як жінка піднімалася сходами.

Вона явно була ватажком зграї.

Ми з Джаспером попрямували до під'їзду разом з Маршаллом і двома іншими офіцерами. Ми утворили півпідкову.

Жінка показала своє посвідчення. Вона була з Національної безпеки, і з нею був ще один агент. Було двоє з ФБР, двоє з ЦРУ, двоє з Департаменту захисту іноземців. Двоє з Секретної служби.

«Де вона?» - вимагала жінка. Її звали Шарлотта Кессіді. Вона зняла темні сонцезахисні окуляри, і її вороняче волосся відразу ж контрастувало з блакитними очима. У руці вона тримала якийсь предмет, що цокав. «Він не такий великий, як я собі уявляла». Вона наблизилася до отвору з простягнутим пристроєм, і той замовк.

«Детектор радіації?» прошепотіла Джаспер.

Я знизала плечима.

Співробітник ЦРУ, Френк Дюн, продовжував надягати і знімати сонцезахисні окуляри, хоча був усередині. Це дуже дратувало. Його напарник Джейк Флеттс штовхнув його ліктем і сказав, щоб він припинив. «Мем, що ви знаєте про цей предмет?»

«Він впав через мій дах. Він до смішного гарячий. Він гуде, іноді дзижчить. Його намагалися забрати звідси навантажувачем, але він його зламав». Я під'їхав ближче, намагаючись пояснити про Х-подібну форму, залишену мертвим хлопцем.

«Вона зникла», - сказав Джаспер.

«Що зникло?» запитала Шарлотта.

Офіцер Маршалл втрутився в розмову. «Фотограф впав всередину і розтанув на ній. Там був відбиток його тіла, у формі хреста, але його більше не видно».

«Можливо, його там ніколи не було?» - запитала вона.

«Абсолютно точно було», - відповів я. "У нас є багато свідків".

«Господи!» - сказав один з хлопців з Департаменту захисту іноземців (T.D.F.T.P.O.A.). Його звали Алекс Грін, і він дуже хотів спуститися і подивитися на це.

Шарлотта взяла ініціативу на себе, запропонувавши групі розділитися. Вона вказала, хто має залишитися нагорі, а хто має спуститися з нею. Я опинився в останній групі.

Алекс Грін і його напарник Джессі Філтч були явно роздратовані тим, що їх виключили, але Шарлотта вирішила, що для неї і її команди буде краще першими наблизитися до небезпеки, перш ніж відпустити інших.

***

Коли я досягла нижніх сходів, йдучи повільно, щоб думати дорогою - іноді старість має свої переваги - я замислилася, чи варто розповідати їм про танець з моїм чоловіком. Я зрозуміла, що повинна, хоча це насправді не їхня справа.

Я одразу помітила зміни в об'єкті. У двох отворах, схожих на очі, були два справжні очі. Але колір був не людський, оскільки на задньому плані були вкраплення зеленого, а на місці зіниці було щось вогненно-червоне. Я затамував подих і пішов далі.

Оговтавшись, я очікував, що гості будуть здивовані або принаймні зацікавлені тінями, що виходили від людей нагорі. Як не дивно, вони, здавалося, не помітили.

Шарлотта була зайнята тим, що розмахувала своїм годинником, який більше не цокав. Вона підійшла ближче до мене. «Що саме тебе турбує в цій штуці? Мені вона здається абсолютно нешкідливою».

Від того, щоб сказати щось, про що я б потім пошкодував, мене врятував П. Г. Віллоу (скорочено «Пінгвін») - представник національної безпеки. «Проявіть трохи делікатності, будь ласка. Будинок цієї жінки був захоплений і розбитий вщент». Він зробив паузу: «А ви не думали про те, що воно може вилупитися?»

«Воно навіть не має форми яйця», - відповіла Шарлотта після насмішки.

«Яйце, як ми його знаємо», - відповів Пінгвін.

Шарлотта закотила очі.

«Мене турбує не стільки ця річ, скільки те, що ви всі топчетесь у моєму домі, - сказав я, намагаючись не здаватися надто роздратованим, коли відчував себе роздратованим, - скільки те, що ви топчетесь у моєму домі. Чому ви взагалі тут? Чому замість ФБР, ЦРУ та нацбезпеки не приїхали хлопці з Департаменту захисту іноземців?»

«Тут дуже спекотно», - відповів Шарлотті чоловік з нацбезпеки. Його звали Бред Хітт, і він, як і мій сусід, умів констатувати до біса очевидні речі.

Я блукала навколо, намагаючись привернути увагу до тіней. Входив і виходив з них. Нічого.

Невже я був єдиним, хто міг їх бачити?

«Що це за прогалини на поверхні?» запитав Хітт.

Я підійшов і запитав його, які саме. Мені було цікаво, що він бачить і чого не бачить. Він відповів, що сотні чи тисячі порожніх, схожих на щілини речей. Потім він простягнув руку і доторкнувся б до чогось, якби я вчасно не зупинив його.

«Ти намагаєшся вбити себе?»

Шарлотта втрутилася: «Думаю, ми побачили достатньо. Цю штуку треба охолодити. Виклич пожежників. Після того, як вони охолонуть, ми зможемо викотити її звідси. Простіше простого.»

Я розповів їй, що сталося, коли пожежники спробували це зробити.

Шарлотта говорила прямо в телефон: «Об'єкт, про який йде мова, нагрівається, коли на нього ллють воду. Повторюю, він нагрівається, а не охолоджується, коли на нього ллють холодну воду». Вона перетнула кімнату. Ми всі пішли за нею.

«Зачекайте хвилинку», - сказав Хітт. Ми всі чекали. «Неважливо», - сказав він.

Шарлотта та її оточення пішли, давши нам конкретні інструкції:

#1. Нікого нового в будинок не пускати.

#2. Нічого не публікувати в соціальних мережах чи деінде без її дозволу.

Потім вони пішли, окрім двох.

***

Залишилися Алекс Грін і його напарник, Джессі Філтч. Двоє хлопців з Департаменту захисту іноземців.

«Мамо, можна тебе на пару слів?»

Ми вибачилися і пішли до мого кабінету.

«Мамо, я думаю, що ці двоє хлопців - ідіоти.»

«Джаспер, що ти таке кажеш.»

«Думаю, нам треба покликати когось, експерта. Як Сем і Дін у «Надприродному». Вони знають, що робити.»

Я похитав головою. «Джаспере, вони вигадані персонажі.»

«Я знаю, мамо, але такі хлопці мають бути і в реальному житті.»

«Чому б тобі не пошукати в інтернеті і не подивитися, що ти зможеш знайти?»

Я залишила Джаспера в офісі і пішла шукати Алекса та Джессі. Вони були одягнені в якесь дивне захисне спорядження, включаючи уніформу і маски, а зі зброєю в руках були схожі на мисливців за привидами.

Я очікував, що буду йти попереду, але замість цього пішов за хлопцями. Вони несли так багато зайвих речей, трубок і гаджетів. Один з хлопців цокав.

Хлопці працювали злагоджено, з дивним взаємопроникненням. Один знав, про що думає інший, ще до того, як спілкувався. Вони наблизилися до об'єкта і в захисних рукавичках поклали на нього руки. Їхні костюми робили свою справу - спочатку. Вони обмінялися поглядами і підняли один одному великий палець.

Я підійшов трохи ближче, відчувши дивний запах. Щось горіло. Спочатку загорілася рукавичка Джессі, а потім рукавичка Алекса. Вони підбігли до раковини і зірвали рукавички, що згоріли, іншою рукою. Їхні руки були обпечені, але все було не так погано, як могло б бути.

«Ого!» сказав Джессі після того, як зняв маску. «Цей сучий син гарячий, як пекло».

Цей спалах правди змусив мене розсміятися, коли Алекс зняв маску. «Ти помітив цю штуку?

Двоє чоловіків подивилися один на одного, а потім на мене. Я не був впевнений, що вони мають на увазі, тому промовчав.

«Так, - сказав Джессі. «Очі.»

Я здивувався, що вони могли їх бачити і сказали про це.

«Зачекайте хвилинку», - сказав Алекс. «Ти хочеш сказати, що бачиш їх без жодних окулярів?»

Я кивнув.

«Що ще ти можеш бачити?» запитав Джессі.

Я завагався і сказав, що зараз повернуся. Вони знову накинули капюшони, і я пішов нагору, щоб продемонструвати енергію тіней. Я чекав, сподіваючись почути щось від них, наприклад, крик захоплення, але нічого не почув».

«О, ти повернувся», - сказали вони.

«Помітили що-небудь?»

«Можу я скористатися вашою ванною?» сказав Алекс і пішов нагору.

Джессі накинув капюшон, і коли Алекс повернувся, вони обмінялися поглядами.

«Отже, ти бачиш тіні?»

«Ми провели крізь них руками», - зізнався Джессі. «І ми також прочитали їх».

Я присунувся ближче. «Ну, не тримай мене в напрузі.»

«Це світіння іонізованого повітря, атоми Рідберга, звідси і зелений відтінок», - сказав Алекс. «Це важко пояснити, оскільки зазвичай воно трапляється лише в космосі або в таких місцях, як полярне сяйво. Це надзвичайно рідкісне явище, я маю на увазі, що це нечувано в чиємусь підвалі».

У мене був відкритий рот. Я закрила його.

«На основі алюмінію», - пояснила Джессі. «Не токсичний і не небезпечний. Ми вважаємо, що об'єкт потрапив сюди випадково, звідкись здалеку. Враховуючи його розмір і форму, не кажучи вже про вагу, відправити його назад буде нелегко. Насправді, у нас, напевно, немає технології, щоб це зробити».

«Мені потрібно випити», - сказав я.

Коли я піднімався нагору, Джессі запитала: «А як щодо стіни?».

«Якщо вона її бачить», - відповів Алекс.

Вдаючи, що не чую їх, я продовжив. Потім я перехилила чарку віскі.

«Мамо?»

«Я на кухні, любий.

«Я знайшла двох хлопців, схожих на Сема і Діна. Вони зараз їдуть сюди, близько сорока п'яти хвилин їзди, використовуючи свій GPS. Сподіваюся, ти не заперечуєш, але я запропонував їм рахунок. До ста доларів, щоб покрити їхні витрати».

Я посміхнувся. «Чудово.»

«У них є сайт, багато відгуків і досвіду в надприродному, окультному та інопланетному».

«Молодець, Джаспер. Дай мені знати, коли вони прибудуть. А я тим часом займу двох гостей внизу».

«З тобою все гаразд, мамо? Виглядаєш трохи втомленою?»

«Я втомилася, але в той же час схвильована.

«Я теж!»

***

Я повернулася до підвалу, підтвердивши, що бачу його.

«Ти пройшов крізь нього? На інший бік?» запитала Джессі.

«Я перейшов і притулився до стіни, ось так». Я продемонстрував і ще раз пройшов прямо. Хлопці вже були в костюмах і пішли за мною.

«Яке там повітря?» запитав Джессі.

«Свіже і гарне».

Вони зняли маски.

«Коли ти вперше помітив порожнечу? запитав Алекс.

«Не зовсім, я просто випадково нахилився до неї».

«Це виглядає дуже дивно на тлі зеленого неба», - сказав Алекс. Він доторкнувся до трави, сказав, що вона здається штучною.

Вони пішли в протилежному напрямку від того, куди я йшов раніше. Я йшов слідом за ними. Ми йшли досить довго, уважно прислухаючись до тиші. «Чому ви, хлопці, називаєте це порожнечею?»

«Він просто пожартував», - сказав Джессі. «Порожнечею» називають щось подібне в ігровому світі або віртуальній реальності. Ми ще не знаємо, що це таке, але відчуваємо, що саме з цього світу походить твій об'єкт».

«Насправді, - додав Алекс. «Ця річ була б замаскована тут, як хамелеон».

Я почув гучний свист. Цікаво відзначити, що я міг чути звуки з мого будинку в цьому іншому місці. Алекс і Джессі не відреагували на звук, коли я повернулася до під'їзду і зайшла всередину. Хлопці йшли за мною по п'ятах, але вони не пройшли. Я простягнула руку в порожнечу (за браком кращого слова), а потім відсмикнула її назад. Вона була заповнена желеподібною зеленою речовиною. Я знову занурила обидві руки, відчайдушно намагаючись знайти Джессі та Алекса. Я викрикувала їхні імена крізь стіну і навіть спробувала проштовхнутися назад, але мені не пощастило.

Джаспер голосно прошепотів.

«Приведи їх сюди, Джаспере, я думаю, нам потрібна їхня допомога - НЕГАЙНО».

***

Наші Сем і Дін були двома молодими хлопцями, ледь старшими за Джаспера. Вони були навантажені спорядженням, коли спускалися сходами вниз. Найвищий з них мав світле волосся і його звали Берт (скорочено від Альберт), а другого юнака з армійською зачіскою звали Лео (скорочено від Галілео).

Після того, як ми обмінялися кількома люб'язностями, я розповів про зниклих агентів і порожнечу.

Лео говорив у мікрофон свого телефону. Він описав об'єкт, в тому числі його розміри та об'єм. Він попросив мене пояснити, як працює порожнеча.

Берт підійшов до зеленого об'єкта, щоб розглянути його ближче. Він простягнув руку і доторкнувся до об'єкта, перш ніж я встиг його зупинити. «Він абсолютно прохолодний», - сказав він. «Я маю на увазі температуру. Враховуючи опис Джаспера, я б сказав, що тут щось коротке замикання».

Я доторкнувся до нього сам; він був надзвичайно гладкий і прохолодний. Я шукав пару очей, але безрезультатно. Мене зацікавили тіні, і я попросив Джаспера збігати нагору сходами, щоб я міг перевірити. Нічого не було. Берт і Лео уважно спостерігали за мною.

«Думаю, хто б не володів цією штукою, він повинен мати на ній тракторний промінь».

«Ми повинні сказати, МАВ на ній тракторний промінь», - сказав Берт. «Тому що він, здається, несправний.»

«Тепер я можу спуститися?» запитав Джаспер.

Я вибачився, що забув про нього.

«Хлопці на тому боці, як їх звати?» запитав Лео.

Ми гукнули їх. Ніхто не відгукнувся.

«Отже, ця штука з тракторним променем, - сказав я. - Вона перестала працювати, тож як ми її полагодимо? І якщо ми його полагодимо, чи зможуть вони знову його намотати?»

«Якщо ми зможемо зробити так, щоб порожнеча відкрилася, то зможемо проштовхнути об'єкт», - сказав Лео.

«І повернути хлопців назад», - додав Джаспер.

У моєму даху все одно залишиться величезна діра, але принаймні тоді я зможу його полагодити.

Ми вчотирьох стали з одного боку об'єкта. «На рахунок три», - сказав Берт, і ми штовхнули його з усієї сили.

«Це була розумна ідея», - сказав Берт, коли ми не змогли зрушити його ні на йоту. Він на мить завагався, а потім запитав: «Коли ти був на тому боці, ти відчував якусь небезпеку?»

Я подумав про це. Ні, не відчував і сказав про це. «Єдине, - зізнався я. «Джаспере, це буде для тебе шоком. Я сподівалася сказати тобі це наодинці».

Я розповіла про танці з чоловіком. Хвилюючись, я запитала Джаспера, як він до цього ставиться. Він відповів, що просто шкодує, що не був там зі мною.

«Він питав про мене?»

Я хотіла б, щоб він запитав, але він не запитав. Все сталося так швидко.

«Дозвольте мені прояснити одну річ», - перебив Алекс. «Це був не твій чоловік. Це був прояв вашого чоловіка. Надприродні істоти можуть читати думки, деякі можуть викликати духів і навіть копіювати живих».

«Але він відчував себе справжнім, навіть пахнув справжнім».

«Це саме те, що вони хочуть, щоб ви думали», - сказав Лео.

Надворі я почув, як з вереском зупинилися автомобільні шини.

«Вони повернулися», - сказала я, коли ми підійшли до вхідних дверей.

«Чорт забирай», - сказали Лео і Берт. «Ми маємо право бути тут. Ми нікуди не підемо».

Я відчинив двері.

Ми твердо стояли на місці з потужним почуттям мети і рішучістю, що нас не зрушити з місця.

***

Цього разу на чолі зграї була не Шарлотта. Натомість це був президент.

Він був вищий за всіх, одягнений у товсте пальто, яке підкреслювала пара шкіряних рукавичок. Його охоронці стояли поруч, говорили в мікрофони і випромінювали видиме тепло.

«Пане президенте», - сказав я, зробивши реверанс. Він простягнув руку без рукавички. Я представив його Джасперу, потім Берту і Лео. «Ласкаво просимо до мого дому, пане президенте».

Він схилив голову і, зайшовши всередину, запитав: «Тож, де вони пройшли?»

Як він дізнався? Вони прослуховували мій будинок? Я був роздратований і сказав про це.

Шарлотта вийшла вперед з телефоном, простягнула руку, натиснула «play». На її телефоні було повідомлення від Джессі та Алекса.

«Свята корова!» вигукнув Берт.

«Чому ми про це не подумали?» запитав Лео.

«А зараз би не додумалися, чи не так?» Шарлотта сказала це з недоречною зарозумілістю, на що Президент, судячи з піднятих брів, був незадоволений.

«Ідіть за мною», - сказав я і повів їх до підвалу.

«Зачекайте хвилинку», - сказав президент. «Чому ця штука більше не дає тепла?» Він повернувся до Шарлотти. «Ти ж казала, що вона розпечена до червоного».

Шарлотта зрозуміла, що Президент має рацію, і попросила уточнити.

«Здається, це сталося, коли хлопці пішли в порожнечу», - запропонував я.

«Зателефонуй їм ще раз», - наказав Президент, і Шарлотта спробувала, але вони не відповідали.

Берт сказав Президенту: «Ми просто розглядали можливість викотити цю штуку звідси зараз, коли все заспокоїлося. Якщо ми зможемо відкрити порожнечу і впустити туди хлопців, а потім вивезти її, це можна буде вважати обміном доброї волі».

«З ким?» - запитав президент.

«З тим, хто його сюди послав», - відповів Лео.

«Будь ласка, розкажіть мені більше», - попросив Президент, і незабаром Шарлотта та її оточення теж зібралися навколо, щоб послухати.

«Ми вважаємо, - сказав Лео, - що той, кому належить ця річ, повинен був мати на ній тракторний промінь. Ми вважаємо, що тракторний промінь вийшов з ладу - але в будь-якому випадку, ми повинні витягти цих двох хлопців, перш ніж він знову увімкнеться».

Президент потиснув руку Лео і Берту. Він повернувся до Шарлотти. «Найми цих двох».

Хлопці були задоволені, але відхилили його пропозицію, а потім пояснили свій минулий досвід роботи з надприродним, окультизмом та інопланетними явищами. Вони розповіли президенту про свої п'ять з гаком мільйонів переглядів на YouTube і мільйони підписників у соціальних мережах.

«Що ж, це дуже вражає», - сказав президент. Його рука сковзнула в кишеню, і він витягнув дві візитні картки і дав їх хлопцям. Вони, в свою чергу, дали йому свої візитки.

«Тепер давайте перейдемо до справи», - сказав Президент. «Як повернути наших хлопців, і якнайшвидше».

Я притулився до стіни, як робив це раніше, і сподівався пройти, але цього разу не вийшло.

***

Нам вдалося злегка зрушити зелений об'єкт, щоб він був на місці, якщо порожнеча відкриється.

«Все, що ми можемо зараз зробити, це чекати», - сказав Президент. Потім він покликав Шарлотту, подякував нам за те, що ми є видатними громадянами, а потім запропонував розійтися.

«Можу я попросити про послугу?» запитав Берт.

«Звичайно», - відповів президент.

«Чи можемо ми зробити селфі для нашого веб-сайту?»

Президент сказав: «Без проблем», і вони зробили кілька знімків.

Ми піднялися нагору і стали чекати на знак. Будь-якого знаку.

***

День перетворився на ніч.

Надворі свистів вітер і гримів черепицею на даху, наче біг наввипередки з самим собою. Я заплющила очі, затремтіла, подивилася і крізь щілину в стелі помітила промінь світла в зоряній, зоряній ночі.

Я затамував подих, і незабаром всі стояли біля мене і дивилися вгору.

«Ого!» вигукнув Лео. «Здається, це промінь трактора».

«Поговоримо про те, щоб підняти мене нагору, Скотті!» сказав Берт.

Тракторний промінь спустився вниз, змійкою пройшов крізь отвір, спустився в підвал, де зачепився за зелений об'єкт. Тракторний промінь теж був зеленим, але він мерехтів і тремтів, коли простягався до предмета і хапав його.

Після того, як він міцно вхопився, здавалося, що він зупинився, а потім запустив двигуни. Звук був оглушливий, і ми всі затулили вуха, коли він спочатку відірвав предмет від стіни, а потім повільно, але впевнено підняв його в небо.

Ми не могли відірвати від нього очей. Ми знали, що нам загрожує небезпека, але не могли відвести погляд. Він піднімався все вище і вище в нічне небо. Ми вийшли на вулицю, щоб побачити більше того, що було на іншому кінці, але з усіх боків нічого не було видно, окрім променя зеленої лінії, яка забирала об'єкт.

Коли об'єкт повністю зник, так високо, що його не було видно неозброєним оком, ми залишилися разом і мовчки стояли, поки я не сказав: «Гаразд, об'єкт зник, але що ми будемо робити з Алексом і Джессі? Вони все ще в пастці в порожнечі».

«Гадаю, нам потрібен план Б», - сказав Лео.

«Ми залишимо це вам», - сказала Шарлотта, натиснувши кнопку швидкого набору на своєму телефоні, і повідомила Президента, а потім оголосила справу закритою. «Тут немає ніяких проблем з безпекою і ніяких інопланетян». Вона та її оточення зібралися і попрямували до своїх автомобілів.

«Зачекайте хвилинку!» крикнула я. «Невже ви навіть не дбаєте про своїх людей?»

«Супутній збиток», - сказала Шарлотта, грюкнувши дверцятами своєї машини. Вони поїхали.

«Гадаю, все залежить від нас», - сказав я.

Берт і Лео подивилися один на одного.

Берт сказав: «Мені шкода, але ми не знаємо, що робити і як їх повернути. Ми теж підемо, трохи поспимо. Ми подзвонимо тобі вранці, якщо щось придумаємо».

Нам з Джаспером було не до жартів. Тепер, коли об'єкт зник, всі йшли геть. Покидали нас.

Джаспер пішов до своєї кімнати, а я залізла в піжаму, постійно думаючи про зниклих чоловіків. Я намагалася відволіктися, читаючи детективний роман, але таємниця прямо під моїм власним дахом вимагала моєї уваги. Після двох годин кружляння я встала, щоб заварити собі чашку чаю.

Якби я знала, що прийде ця компанія, я б одягла свій домашній халат.

***

Потягуючи чай, роздумуючи над тим, як мені вирішити цю дилему, я дивився на зорі, коли по моїй щоці потекла сльоза. Двоє чоловіків загубилися десь у порожнечі, без сім'ї, без друзів, без країни. Вони були хоробрими громадянами. Вони заслуговували на краще.

Я схопила шоколадне печиво і вже збиралася відкусити шматочок, коли помітила мерехтливу зелену зірку. Зелену зірку? Я потерла очі, але вона все ще була там, підморгуючи мені. Я вийшов на вулицю, щоб отримати повний огляд нічного неба.

Це була не зірка.

Вона рухалася, швидко падала в моєму напрямку, стаючи все більшою і більшою.

«О ні!» закричала я в нікуди. Тоді я покликала Джаспера, і він прибіг. Я показав вгору, одночасно обмірковуючи швидкий рух, якщо нам потрібно буде забратися з його шляху.

Коли відстань між ними і нами зменшилася, ми не могли стримати свого хвилювання і стрибали від радості, коли потвора зупинилася, і там були вони.

Дві чорні парасольки розкрилися, Алекс і Джессі схопили по одній, і вони почали спускатися до нас. Одягнені в костюми зі світловідбиваючого матеріалу, Алекс і Джессі м'яко опустилися до нас.

Плавно приземлившись, вони залізли всередину своїх костюмів і витягли дві зелені пляшки. Відкоркувавши кришки, вони вилили вміст. Вони вилізли зі скафандрів, оголивши одяг, в якому вони вилетіли. Вони засунули пляшки назад всередину і прикріпили їх до парасольок.

Тракторна балка зачепилася за парасолі та костюми. Ми махали руками, коли об'єкти піднімалися в небо, і дивилися, поки не перестали їх бачити.

«З поверненням!» вигукнули ми з Джаспером.

«Я б убив за чашку чаю!» сказала Алекс.

«Я б віддав перевагу чарочці віскі», - сказав Джессі.

«Хто вони?» запитав я. «Або я повинен сказати, ЩО вони були?»

«Усьому свій час», - в унісон відповіли наші два герої, що повернулися. «Але спочатку ми повинні з'їсти печиво і випити».

Вони звикали до повернення, а я готувала їжу. Ми сиділи разом за обіднім столом, потягували. Чекали. Їм не було що сказати. Жодних запитань до нас, хоча масивного зеленого об'єкта більше не було в моєму домі.

Моє терпіння почало уриватися, і я попросила їх розповісти, що сталося.

«Це була коротка відпустка», - сказав Алекс.

«Так, оплачувана відпустка», - сказала Джессі.

Я підвівся. «Що ви маєте на увазі? Де ви були? Хто тебе тримав? Тебе ув'язнили? Якими вони були? Як ти переконав їх відправити тебе назад?» Я знову сів.

Джаспер продовжив: «А що це була за зелена штука? Чому вона тут? Комусь надерли дупу за те, що він її впустив?»

Чоловіки дивилися один на одного з порожніми обличчями. Вони не мали жодного уявлення, про що ми говоримо. Поговоримо про невігласів.

«Мамо, я думаю, що прибульці стерли їм пам'ять.»

«Згоден. Поговоримо про чистий аркуш».

Ми більше нічого не могли сказати або зробити, окрім як піти спати. Джессі вмостилася на дивані, Алекс на кріслі La-Z-Boy.

Алекс підхопився. «О, поки я не забув.»

Джессі теж підскочила. «Так, у нас є дещо для тебе».

Ми з Джаспером подивилися один на одного, наче їх підштовхнули або шокували.

Джессі витягнув з кишені зелений мерехтливий футляр. Коли я взяла його в руку, він затремтів, і я відчула, що він дуже прохолодний. Я відкрила його і затамувала подих. Всередині була медаль мого чоловіка Святого Христофора. Та сама, яку я подарувала йому на першу річницю нашого весілля.

Алекс вручив схожий предмет Джасперу. Всередині був годинник його батька. Джаспер одягнув його прямо на зап'ястя. «Він що-небудь говорив про мене?»

Алекс відповів: «Він бачить вас кожного дня, вас обох. Правду кажуть, що ті, кого ми любимо, завжди поруч з нами».

Цього разу Алекс і Джессі підстрибнули в унісон. «Нам треба йти.»

«Що тепер?» запитав я. «З вами все гаразд?»

«Так», - відповіли вони разом. «Ми маємо дещо передати президенту. Негайно.»

Під'їхала машина, і вони поїхали.

***

«Ми повинні доставити це йому самі», - зажадали Джессі і Алекс.

Це було посеред ночі, але Президент погодився зустрітися з ними.

Коли вони увійшли до Овального кабінету, Президент сидів у своєму шовковому халаті.

«Що ви двоє принесли мені?» - запитав Президент.

Джессі та Алекс разом піднесли йому предмет. Це був надзвичайно великий зелений ґудзик. На ній були такі слова: «ШТОВХНИ МЕНЕ. ПРОСТО ЗРОБИ ЦЕ».

«Що станеться?» - запитав Президент.

«Ми не знаємо».

«Я повинен запитати когось, одного з моїх радників. Я не можу просто...»

«Але ж ви президент», - сказала Джессі.

«Так, ви можете зробити все, що завгодно, чи не так?»

Президент поклав зелену кнопку на свій стіл поруч з червоною. Разом вони виглядали дуже по-різдвяному.

Джессі та Алекс сказали: «На вулицю. На вулицю. На вулицю.»

«Гаразд, хлопці, гаразд», - сказав Президент. «Ходімо.»

Опинившись надворі, Президент не міг дочекатися, щоб штовхнути його, і він це зробив.

Небо перетворилося з синього на зелене, коли промінь трактора охопив країну від узбережжя до узбережжя, підтягуючи всі до єдиної гвинтівки AR-15.

ЕПІЛОГ

Далеко-далеко, на планеті з зеленим небом і зеленою землею, де від дерев були лише стовбури, прибульці переробили зібрані ними земні матеріали.

AR-15 були прикріплені до гілок.

Пляшки були розвішані на гілках, і вони свистіли на вітрі.

Парасольки захищали від дощу і сонця.

Щоразу, коли прибульці потребували більше AR-15, вони запалювали кнопку, і президенти завжди натискали її.

ДАРРІЛ І Я

Того ж дня, коли я дізналася, що вагітна, мій чоловік загинув.

Я в зоні бойових дій. Я не сама. Моя дитина зі мною, всередині мене.

Я схрещую руки над дитиною, захищаючи її, коли йду вулицею, а навколо нас вибухають бомби. Я намагаюся знайти для нас укриття, але бомби падають все ближче і ближче.

Я розгублена, але не налякана. Моя дитина б'є мене по руці, щоб заспокоїти. Ми тримаємося разом, поки решта світу розлітається на шматки.

Я зупиняюся і дивлюся на себе в дзеркало в центрі вулиці. На мені яскраво-червона сукня, такі ж червоні туфлі й чорні панчохи. Я розпушую волосся, тягнуся до сумочки за губною помадою. Роблю відбиток поцілунку на склі, потім закидаю голову назад і роблю селфі. Викладаю його в інстаграм. Або намагаюся. Не впевнена, чи вистачить смужок.

Чую виття сирени. Вона йде в мій бік. Прямує до дзеркала. Я простягаю руку, щоб схопити його, але хтось хапає мене за руку. Я кричу. Сирена кричить.

«Зайди всередину. Ти здуріла? Сідай!» - каже водій швидкої мовою, якої я не знаю і не розумію. На щастя, є субтитри.

Я вагаюся, перш ніж залізти всередину. Мені потрібно знайти Дерріла. Дерріл десь тут, а нашій дитині потрібен батько. Дерріл шукає мене, а ми шукаємо його. Наша дитина - магніт. Радар. GPS.

Я закидаю голову назад і вигукую його ім'я голосно і чітко: «Дерріл!» Я слухаю і знову кричу. Я кличу його ім'я і слухаю. Водій швидкої каже, що я божевільна, і дає задній хід.

Швидка врізається в дзеркало, і вибухає бомба. Осколки летять на всі боки.

На уламках скла дуже багато крові.

Я прокидаюся і кричу.

***

Мені снився один і той же сон щоночі після смерті Дерріла. Я продовжувала переживати, як це сталося, хоча мене там не було. Це була рутинна операція в рамках миротворчих сил ООН.

Це механізм подолання, бачити це уві сні, проживати це. Намагатися знайти чоловіка, якого я кохаю, коли ми його ховали. Похорон був прекрасним. Я так пишалася Деррілом. Він віддав своє життя за справу, і я це розумію. Я захоплююся його самовідданістю, тому що це зробило його кращою людиною.

Над його труною задрапірували прапор. Я кинула дві жмені землі в землю і впала на коліна, ридаючи. Моя мати та інші люди, включаючи моїх друзів, намагалися допомогти, але я кричала їм, щоб вони йшли геть. Я хотіла залишитися наодинці з Деррілом. Я хотіла розповісти йому про дитину.

Нашу дитину.

Я не збиралася йти, поки не зможу попрощатися. Я лягла біля відкритої могили на живіт, поклавши голову на руки. Я сказала йому, як сильно я його люблю і попрощалася, перш ніж поцілувати його і піднятися на ноги.

Мама була поруч зі мною, а також Моні. Кожна з них взяла мене за одну руку і знову пригорнула до себе. Ми попрямували до машини.

Дорогою додому я відчувала присутність Дерріла. Його руки обіймали мене. Волосся піднялося на моїх передпліччях, я відчувала його запах. Я відчувала його.

А потім його не стало.

Вдома під дверима на мене чекала коробка довгастої форми з бантом посередині. Я хотіла запитати, що вона там робить, але горе, що панувало в кімнаті, поглинуло мене. Я пливла від людини до людини, вбираючи в себе їхні кліше «мені дуже шкода» і «з часом все налагодиться». Звичайне післяпохоронне лайно.

Коли вони пішли, я відчула порожнечу.

Мама вклала мене в ліжко, як робила, коли я була маленькою дівчинкою.

Коли вона зачинила за собою двері, я підняла до неба стиснуті кулаки за те, що вона забрала Дерріла.

Потім я впала на коліна, дякуючи за те, що наша дитина росте всередині мене.

***

Я прокидаюся, дивлячись на порожній простір поруч зі мною, витираючи слину з куточків рота. Дзвонять у двері. Я відкидаю ковдру і ступаю на підлогу. Перш ніж я встигаю вибігти з нашої кімнати, моя сусідка летить на мене з широко розпростертими руками.

Я мушу попросити її повернути ключ.

«Я так хвилювалася», - каже вона, обіймаючи, стискаючи мене, і я знову відчуваю себе маленькою дівчинкою. Вона відступає назад і дивиться мені в обличчя.

Я засовую волосся за ліве вухо і намагаюся посміхнутися. Я вказую собі на кухню і, дійшовши туди, наповнюю кавник водою. Я відкриваю посудомийну машину, щоб зайняти себе чимось, поки кавоварка плює у мене за спиною. Мама зачиняє дверцята посудомийної машини, натискає потрібні кнопки і садовить мене на стілець, де мені не залишається нічого іншого, окрім як сидіти.

Вона на місці Дерріла, а я ні на чиєму місці. Коли вона це розуміє, вона пересідає на інший нічийний стілець. Вона підхоплюється раніше за мене і наливає каву. Я додаю вершки та цукор і відпиваю. Одного ковтка достатньо. Я біжу до ванної кімнати. Я забув, що кава викликала ранкову нудоту у кількох моїх друзів.

Коли я повертаюся на кухню, мама вже приготувала чашку ромашкового чаю без кофеїну. Він має заспокоїти мене.

Я сиджу, потягую гіркуватий, гарячий напій і дивлюся, як мама пересувається кухнею, наче людина, що виконує якусь місію. «Я зроблю тобі тост», - каже вона, і він з'являється майже за командою. Мама використовує ніж, щоб зняти скоринку - ще один спогад з мого дитинства. Потім намащує маслом і повертається, щоб подивитися на мене.

Мама додає трохи полуничного джему і йде до холодильника. Вона дістає шматок сиру, який намазує на мій тост. Вона кладе його назад на тостер (стороною з джемом і сиром догори) і натискає кнопку, щоб тост нагрівся протягом декількох секунд.

Це ще один ритуал з мого дитинства, і я вдячний, що вона тут.

Мама розрізає тост на трикутники, і я не можу повірити, який чудовий смак він має, коли я кусаю його. Я з'їдаю обидва шматочки, а потім відпиваю ще трохи чаю, бо він уже не такий гіркий, бо вона додала кілька крапель меду. Вона думає, що я не помітив. Я беру маму за руку і ще раз дякую.

Дитина більше не голодна.

Її мама більше не відчуває комфортного оніміння.

Бабуся дитини більше не відчувала себе непотрібною.

Мама прибирає, теревенячи про те, про се. Я слухаю, не оцінюючи її спроб відволіктися. Я дозволяю їй думати, що це працює, її тактика відволікання. Чесно кажучи, я не встигаю за ходом її думок і темпом. Таке відчуття, що я слухаю її з-під води.

Вона сміється. Я стрибаю. Я повернулася з того місця, куди мандрувала моя свідомість. Я кудись зникла в одну мить. Я відчула, як я пішла.

Я була маленькою дівчинкою, яка ховалася під сходами. Потім я піднялася сходами і зайшла в комірчину, де було дуже темно. Рукава з сорочки мого батька ворушилися. Я вибігла, видаючи свою схованку. Мене спіймали.

«Я пам'ятаю той час», - каже мама, повертаючи мене в сьогодення. Вона ніби розповідає цю історію вперше. «Ти ховала скоринки, коли була маленькою дівчинкою. До того, як я почала кришити їх ножем, ми знаходили їх у кишенях, у горщиках. А, ті, що в горщиках. Вони вбирали воду, вбиваючи деякі рослини, перш ніж ми зрозуміли, що ти робиш».

«Вбиваючи рослини», - імітую я.

Вона підходить до мене, стає на коліна і питає: «З тобою все гаразд, любий?»

Я ледь не сміюся з її безглуздого запитання, але ловлю себе на тому, щоб не розсміятися, перш ніж сказати: «НІ, БЛЯДЬ, У МЕНЕ НЕ ВСЕ ГАРЯЧЕ». Дерріл. Господи, Деріл. Я відсуваю стілець назад, створюючи простір між матір'ю і мною, і встаю. Я як зомбі. Але мені не потрібно харчуватися людською плоттю. Мені потрібен Дерріл. Я посміхаюся, коли повторюю в голові «треба їсти, треба їсти, треба їсти».

Тепер, коли я стою, я повинна рухатися. Мої ноги хочуть йти кудись, куди завгодно, але я роблю абсолютно протилежне. Я знову сідаю назад. Мама робить те саме. Вона п'є свою каву, яка, напевно, вже замерзла.

Я встаю і кажу: «Я втомився», хоча я щойно прокинувся, я знаю це. Вона це знає. Але мені начхати. Я повертаюся до нашої кімнати, моєї кімнати, мама йде за мною. Коли вона мене наздоганяє, кладе праву руку мені на стегно, наче хоче мене направити. Ніби я можу загубитися дорогою.

Біля дверей я повертаюся до неї обличчям. В її очах стоять сльози, але вони не розтікаються. Вона знає, як це - втратити чоловіка, бо втратила тата, але це не одне й те саме. Вони прожили разом ціле життя. Вони були разом тридцять сім років, поки тато не помер. Ми були одружені лише два з половиною роки. Дерріл ніколи не побачить свого сина чи доньку. Я хочу сказати це, але не можу.

Думаю, вона знає, про що я думаю, хоча я не знаю напевно. Це той самий осмос між матір'ю та донькою. Вона цілує мене в лоб, вкладаючи в ліжко. Вона виходить і зачиняє за собою двері.

Я знову встаю з ліжка, підходжу до дзеркала і дивлюся на себе. За сорок вісім годин я постаріла на десять років. Хоча більшу частину цього часу я спала, мішки під очима величезні. Виглядає так, ніби я весь цей час плакала, але правда в тому, що сльози вже закінчилися. Моє обличчя більше не схоже на мене. Я чужа, навіть сама собі.

Я набираю трохи води і бризкаю собі на обличчя, а потім намочую теплою водою серветку для обличчя, що належить Деррілу. Я тримаю її над собою, щоб вдихнути його аромат.

Я знаходжу його банний рушник, роздягаюся і загортаюся в нього. Він огортає мене і зігріває, наче я в його обіймах.

Я сиджу так, здається, цілу вічність. Ніби він тримає мене. Сльози не течуть. Не залишилося сліз, щоб плакати. Деріл ніби огортає нас. Тримає нас разом, нас трьох, Дерріла, дитину і мене.

Стукіт мами у двері повертає мене до сьогодення. Я, мабуть, заснула. Я занадто швидко підхоплююся, коли двері відчиняються. Рушник Дерріла падає на підлогу.

Мама і сусідка заходять до кімнати, а я вчасно хапаю рушник Дерріла і ховаю свою наготу. Я починаю реготати і не можу зупинитися.

Мама виглядає стурбованою. Очі сусідки витріщаються прямо з її голови. Незабаром вони покличуть чоловіків у білих приталених куртках, щоб ті прийшли і забрали мене, якщо я не візьму себе в руки.

***

Це день мого весілля, і я йду до вівтаря під руку з татом у великій церкві. Я знаю, що це сон, бо тато ніколи не вів мене під вінець. Він вже був мертвий, коли ми з Деррілом одружилися, а ми з Деррілом не вінчалися в церкві. Пісня Елтона Джона «Твоя пісня» - це наша пісня. Тобто, це була наша з Деррілом пісня. Насправді ми надавали перевагу версії Юена МакГрегора, оскільки любили «Мулен Руж».

Ми з татом вітаємося з усіма, кого зустрічаємо по дорозі. Бабуся Елеонора, яка померла, коли я була маленькою дівчинкою, посилає мені поцілунок. Я беру квітку зі свого букета. Дихання дитини, її улюблена. Я дарую його їй.

Вона посміхається, і по її щоці котиться сльоза.

По той бік проходу стоїть моя кузина Рут. Ми з нею були надзвичайно близькі, коли були дітьми. Тепер ми рідко бачимося. Гадаю, вона думає те саме, що й я, коли проходжу повз неї. Занотую собі: запросити її на вечерю якось незабаром.

У Дерріла є два молодші брати, Дейл і Донні. Їхні батьки мали щось на кшталт літери Д. Примітка: не продовжувати згадану традицію.

Я бачу іншу бабусю, маму моєї мами. Вона не приїхала на наше весілля. Вони з мамою тримаються за руки, і я на кілька секунд відриваюся від тата, щоб підійти і міцно обійняти їх обох. Мої коліна трохи підгинаються, коли бабуся простягає руку, бере мою руку в свою і щось вкладає в неї. Я інстинктивно стискаю пальці; хоча я не бачу, що це, але відчуваю, що це ключ. Тато тягне мою руку в свою, і ми повертаємося на шлях до вівтаря.

Мої подружки нареченої, Тріш і Моні (скорочено від Монік), стоять поруч зі мною. Вони виглядають приголомшливо у своїх антикварних білих сукнях, але зачекайте, це ж я була в антикварній білій сукні.

Тато розвертає мене, знімає мою руку зі своєї та обвиває нею руку Дерріла. Я повертаюся, щоб подивитися на свого майбутнього чоловіка, але це не Дерріл. Ну, колись це був Дерріл, але тепер це вже не він. Він мертвий. Він гниючий труп.

Я кричу, коли зелений слиз виливається з його губ, коли він намагається посміхнутися. Я не одна кричу.

Всі кричать.

Все кричить - навіть машини.

Я розтискаю руку.

Ковтаю ключ.

Скрізь розлітаються уламки скла.

***

Розплющую очі. Я не вдома, а в лікарні. Чую цокання, калатання серця. Звукові сигнали. Шепіт. Знову заплющую очі. Вдаю, що сплю.

«Без змін.»

«Не можу здатися.»

«А як же дитина?»

Дитина. Ці два слова повертають мене до реальності, і я намагаюся сісти, але не можу.

Коли я не можу поворухнути руками чи ногами, я кричу. Я хапаюся за живіт, за свою дитину, за нашого малюка, і виявляю, що животик став більшим. Як довго я спала?

«Мамо?»

«О, любий! Любий, - каже вона. «З тобою все буде добре», - воркує вона, але я не вірю їй. Жодному її слову.

«Скільки я вже тут?» запитую я, і моя голова схожа на ехо-камеру, оскільки слова відлунюють у моєму черепі.

Вона обіймає мене і притискає до себе, замість того, щоб відповісти. Коли я вириваюся, вона тримає мою голову в руці і вдивляється в мої очі, ніби намагається знайти мене.

Я намагаюся не кліпати, але не можу зупинитися. Ви не ненавидите, коли таке трапляється? Як тільки ти намагаєшся чогось не робити, твоє тіло зраджує тебе і змушує робити це ще більше.

Вона нічого не каже. Вона думає, що я не можу впоратися з правдою. Голос правди в моїй голові - це голос Джека Ніколсона у фільмі « Кілька хороших хлопців » . Дерріл любив цей фільм. Ми дивилися його стільки разів, що я збився з рахунку.

«Я хочу знати», - чую, як я кажу, але через те, як вона дивиться на мене, я не впевнений, чи сказав я це вголос, чи подумки. Спробую ще раз, цього разу трохи голосніше, і вона реагує.

«Дозволь мені», - каже вона, а потім виходить, повертаючись через кілька хвилин з кимось, кого я не впізнаю. Вони вдвох рухаються по кімнаті, наче перекривають сцену для п'єси в театрі. Вони шепочуться, потім дивляться на мене і знову шепочуться.

Як грубо.

Я чекаю, наче невидимка, і намагаюся не вибухнути.

Незнайомець встромляє мені голку в руку, і я йду, думаючи, що персонал лікарні у вуличному одязі має бути поза законом.

Мені знову сниться, що я йду вулицею, шукаю Дерріла, а бомби вибухають.

***

Шишка на мені стала ще більшою. Насправді, помітно більша. Коли дитина ворушиться, я бачу шматочки її або його крізь шкіру. Кінцівки, які залишають відбитки, ніби вивертають мене навиворіт, коли наша дитина штовхається об стінки мого живота.

Я вже не в лікарні. Я вдома, сиджу в дитячій кімнаті, гойдаюся в кріслі для годування, яке не гойдається у звичному розумінні цього слова. Натомість воно ковзає.

Сплячі вівці з «ззз» навколо голів вишикувалися вздовж стін в очікуванні, коли їх порахують. Я починаю рахувати, а потім посміхаюся, дивлячись на ліжечко. Час стоїть на місці, так і має бути, бо тут, сьогодні, зараз нічого не відбувається.

Я підводжуся зі стільця, напівсонний, напівсонний. Торкаюся мобільного, і він починає виводити «Frere Jacques». Я підспівую, беру ковдру з намальованою на ній вівцею.

Складаю ковдру все менше і менше, доки вона не стає крихітним квадратиком. Тоді я кладу її назад у ліжечко і ловлю погляд на себе у дзеркалі в кутку.

Частину дзеркала видно, а частину - ні, бо його щось закриває. Я підходжу ближче, знімаю пиловий щиток, щоб відкрити скарб, який десятиліттями зберігався в моїй родині. Сімейна реліквія, передана від маминої мами маминої мами.

Рамка прохолодна на дотик, коли я проводжу по ній пальцями. Вона дерев'яна, на ній вигравірувані пари сплетених рук. Відбитки сплетених пальців ще прохолодніші на дотик. Я присуваюся ближче, доки мій пупок не впирається в скло. Він не торкається його. Він проходить крізь нього. Коли я підходжу все ближче і ближче, мій живіт зникає в ньому.

Я роблю крок назад, і мій живіт від'єднується зі смоктальним звуком. Моя дитина штовхається і штовхається знову, коли я відходжу від дзеркала і повертаюся до крісла, з якого почала. Коли я сідаю, мобіль перезапускається, і ми починаємо ковзати в такт з ним.

Дитина заспокоюється, і ми засинаємо.

***

«Прокинься, Кет», - каже Дерріл.

Я повертаюся до нього і притискаюся до нього. Дитина впирається між нами. Ми не можемо бути так близько одне до одного, як раніше, але ми зблизилися на багатьох інших рівнях.

Будильник спрацьовує, і я обіймаю подушку Дерріла, а не його. Моя дитина штовхається, і я встаю з ліжка, щоб блукати коридором, напівпритомна, до ванної кімнати, де я йду до туалету. Я вмикаю воду, стою під душем і дозволяю воді литися на мене.

Моя дитина любить воду, і ми залишаємося там, поки гаряча вода не закінчується і не змінюється на холодну. Зголоднівши, я накидаю домашній халат і спускаюся вниз, коли мама заходить через вхідні двері. Вона, мабуть, подзвонила в двері, коли я була в душі. Занотую собі: попросити маму віддати ключ.

«Я принесла подарунки», - каже вона. Вона висипає на стіл цілу коробку пончиків з льодом; пончики ще теплі й пахнуть раєм. Я кладу один до рота, а вона - до свого. Ми обіймаємося і з'їдаємо по другому пончику, перш ніж вирішуємо заварити чай.

Моя дитина вигукує «дякую», і мама сама це відчуває. «Ох», - кажу я, коли дитина дає знати про свою присутність, роблячи те, що схоже на сальто всередині мене.

«З тобою все гаразд?» запитує мама.

«Він щасливий», - кажу я.

Мама помічає, що я сказала «він». Вона не згадує про це. Натомість розповідає мені останні плітки.

Я слухаю з ввічливості, а не тому, що мене цікавлять місцеві події. Раніше, я маю на увазі, до того, як я зустріла Дерріла, я робила свій внесок, стрибаючи на потяг пліток. Іноді я навіть була кондуктором, тільки без капелюха. Іноді я була вагоном. Так чи інакше, я завжди був у потязі. Я дозволяв пліткарям тягнути мене за собою.

«Ви не бачили дитячу?» запитую я з нізвідки, поки вона ще не закінчила плітку.

Вона дивиться на мене, як на незнайомця. «Ти впевнена, що з тобою все гаразд?» - запитує вона, і на її лобі з'являється велика нахмуреність у формі горизонтального знаку питання.

Я розумію, що сказав щось дивне, можливо, навіть дурне. Я не знаю, що саме. «Зі мною все гаразд», - кажу я, намагаючись запевнити її, що це так.

Я встаю, сподіваючись, що вона зробить те саме, але вона цього не робить. Замість цього вона дістає з коробки ще один пончик і відкушує.

Моя дитина сильно штовхає мене. Ніби хоче ще один пончик. Я хочу пісяти і кажу про це. Мама йде за мною по коридору.

«Зустрінемося в дитячій», - кажу я.

«Добре», - відповідає мама.

Коли я приєднуюся до неї в дитячій, мама стоїть перед дзеркалом. Я приєднуюся до неї, стаю збоку і підходжу все ближче і ближче до скла. Я перевіряю, чи пройде дитина, як це було вчора, але вона не проходить. Ніякої пульсації. Ніякого зв'язку. Невже це був сон?

Коли я відвертаюся, мобільний починає грати Frere Jacques сам по собі.

«Я перемотала, Кет, - каже вона, - ми чудово попрацювали над декором, чи не так? Я дуже задоволена».

Я не пам'ятаю, як прикрашала, і не хочу в цьому зізнаватися. Як я могла забути таке?

«Твоя пра-пра-прабабуся була б дуже задоволена. Я щаслива, що дзеркало тепер належить тобі».

Світ починає крутитися і тьмяніти. Я роблю крок уперед і ледь не падаю. Мама ловить мене і садовить у крісло, де я ковзаю туди-сюди, туди-сюди, туди-сюди.

«Хіба дзеркало не твоє?» запитую я.

«Так, але я не проти. Воно ідеальне для цієї кімнати».

Думаючи про дзеркало, я засинаю. Мати пішла. У кімнаті темно, лише в кутку, трохи далі від дзеркала, мерехтить лампочка.

Дитина штовхається. Він неспокійний. Я встаю і йду до дзеркала. Коли ми наближаємося, світло стає яскравішим. Дитина штовхається і ворушиться. Я відкидаю ковдру і дивлюся на відображення мого животика, що наближається все ближче і ближче. Дитина б'є по воротах.

Мій живіт б'ється об дзеркало. Дитина штовхається знову, закриваючи проміжок між пупком і склом. Коли вони з'єднуються, мій живіт зникає в ньому. З'являється тяжіння, що втягує нас всередину.

Тепер я стою носом до скла. Я втискаюся ще глибше, поки моє обличчя не опиняється всередині. Моя голова слідує за ним. Моя дитина скочується у відображення.

Сильний порив вітру підхоплює нас десь позаду і штовхає всередину. Тепер мене всередині достатньо, щоб помітити різницю в повітрі. Осінь. Листя. Там, де ми були, була весна, а тут - осінь. Як таке може бути?

Я відчуваю запах і прохолодне повітря, що обвіває нас, вітаючи. Вітерець шепоче по моїй шкірі, наче дотик.

Моя дитина штовхається вперед і назад, шукаючи затишку по той бік. Затишку всередині скляного світу. Я пещу свій животик, щоб заспокоїти, і моя дитина штовхається назад, щоб зробити те ж саме для мене.

Там чудово. Я посеред лісу. Ні, я на пляжі з піском, чистим білим піском і хвилями, що розбиваються і розбиваються об берег.

Ні, я біля гір, високих гір, навколо яких в'ються стежки. Це безліч світів, які злилися воєдино. Я чую спів птахів. Круки, ворони, сині сойки, фламінго, кукабурри, сови, горобці, пересмішники, чайки. Я відчуваю на язиці сіль океану.

Я кричу: «Привіт!», і мій голос розноситься луною навколо, навколо, навколо. Моя дитина танцює в такт відлуння, лоскочеться, змушуючи мене хихикати. Я відчуваю мир, чистий і солодкий. Радість. Вдома.

По той бік, позаду мене, щось тягне мене назад. Я не хочу йти. Моя дитина не хоче йти, але щось хапає мене. Вириває нас звідти. Назад.

«Що ти, в біса, робиш?» - кричить хтось. Голос тремтить, хрипить.

Я чую слова, але голос звучить так, ніби він знаходиться всередині хмари.

***

Щойно ми повертаємося, нам знову хочеться поїхати. Ми хочемо бути там, існувати там. Тільки там і ніде більше.

Це Моні, і вона дуже сердиться на мене. «Про що ти думав?»

Я нічого не кажу, озираючись на дзеркало.

«Не грайся зі мною в невинність», - каже Моні. «Ти подорожував. Я маю на увазі, в іншому вимірі, чи не так?»

«Подорожував?» імітую я. На секунду замислююся, як божевільно я виглядала, і кажу: «Я дивилася на своє відображення, наше відображення. На дитину і мене».

«Більшої частини вас не було!» кричить Моні. «ЗНИКЛА!»

Я сміюся, намагаючись зробити вигляд, що вона не бачила того, що бачила. Намагаюся змусити її відчути, що це вона збожеволіла. Замість мене. Я був там. Я бачила інший світ. Я перетинаю кімнату, подалі від дзеркала, повертаюся і йду до дзеркала. Я стискаю кулак і притискаю його до скла, сподіваючись, що нічого не станеться, але нічого не сталося.

Моні йде за мною і робить те саме. Потім ми стаємо віч-на-віч і вибухаємо сміхом. Ми, мабуть, виглядали божевільними. Божевільними. Безглуздими.

Дитина штовхається.

Невдовзі ми спускаємося вниз. Моні каже, що моя мама мусила піти, тому вона прийшла.

«Мені не потрібна нянька».

«Минуло вже півроку, - каже Моні, - як помер Дерріл, і ми всі хвилюємося за тебе і дитину».

«У нас з дитиною все добре», - кажу я. «Ми все ще сумуємо за ним щодня, але стає легше». Це була брехня.

«Я знаю, що ми зробимо завтра», - каже Моні. «Підемо на пляж».

Звучить весело, і я погоджуюся. Але я не збираюся вдягати купальник.

***

Ми прибуваємо на пляж з кошиком для пікніка, наповненим обідом і всілякими смаколиками. Ми роззуваємося і дозволяємо піску хрустіти між пальцями ніг, хоча надворі зовсім не тепло.

«Ми з Деррілом любили приїжджати сюди влітку».

«Він з нами тут зараз і завжди», - каже Моні.

Моні має рацію, але це не заважає мені сумувати за ним. Я хочу більше, ніж його спогади. Я хочу, щоб він був тут і обіймав мене.

«Я сумую за його руками, за тим, як він мене обіймав, за його диханням. Мені не вистачає всього, що пов'язано з ним, кожного дня».

Моні обіймає мене за плече.

«Найважче те, - продовжую я, - що Дерріл ніколи не дізнається про нашу дитину, а наша дитина ніколи не дізнається про Дерріла».

«Ти не знаєш, що чекає на тебе в майбутньому», - каже Моні.

Я знаю, до чого вона веде. Вона пропонує мені зустрітися з кимось іншим. Ця думка не варта уваги. Заради Бога, я носила дитину Дерріла.

«Я не хочу нікого іншого. Ніхто ніколи не зможе замінити мені Дерріла і те, що було між нами. Крім того, моє серце надто розбите. Я більше ніколи нікого не покохаю. Моє серце належить Деррілу і тільки Деррілу».

«Не кажи так. Ти не знаєш, що тебе чекає в майбутньому. Кохання може трапитися не один раз. Поглянь на мою маму. Тато помер, вона вийшла заміж за мого вітчима і знайшла кохання вдруге. Це не те саме. Це ніколи не може бути таким, як ваше перше кохання, але це все одно може бути коханням. Цього може бути достатньо. Треба бути відкритим до неї. Вони щасливі, і ти теж можеш встигнути», - каже Моні.

Тоді я переходжу на спринт, настільки, наскільки може бігти восьмимісячна вагітна жінка, і заходжу у воду. Вода холодна, але освіжаюча, і мені подобається відчуття прохолоди на шкірі.

Моні штовхається поруч зі мною.

«Ця дитина любить воду».

Моні кладе руку мені на живіт, і дитина штовхається. «Це точно», - каже вона.

Ми стоїмо у воді по коліна і дозволяємо хвилям омивати нас. Дитині це подобається, і вона робить кілька сальто.

«Ти мені розкажеш про це?» запитує Моні.

«Я не зовсім розумію, що ти маєш на увазі, - кажу я.

«Я маю на увазі про дзеркало, про те, що ти робив? Ти подорожував? Подорожувала світом?»

Я думаю про це і вирішую, що вона має рацію. Я маю на увазі, що через дзеркало ми з моєю дитиною ніби перенеслися в інше місце. В інший вимір. В голові резонує музика з «Сутінкової зони».

«А що ти можеш про це знати?» запитую я.

«Я дивлюся фільми, читаю книжки. Навіть подорожую в «Алісі в країні чудес». Коли я зайшла, більшості з вас не було, і було очевидно, що це було в дзеркалі. Ви були в дзеркалі. І що ти там побачив? Чи ти взагалі щось бачив?»

«Я не впевнений, що хочу про це говорити», - кажу я, бо це таємниця. Я хочу поки що тримати її близько до грудей. Мені здається, що якщо я скажу про це вголос, це може зникнути. Я знаю, що це звучить безглуздо, але все це було так дивно, і це сталося зі мною лише один раз. Двічі з дитиною, але один раз зі мною. Я хочу бути там і зробити це знову, перш ніж розповідати про це комусь іншому.

«Пообіцяй мені одну річ», - каже Моні, коли ми дивимося на захід сонця по дорозі додому. «Пообіцяй мені, що ти не підеш туди сама. Я маю на увазі, без когось на цьому боці, хто б витягнув тебе назад».

Я киваю, ніби обіцяючи, але не впевнений, що маю намір дотриматися обіцянки.

«Я б хотіла залишитися у тебе на ніч, скласти тобі компанію», - каже Моні.

Я кажу, що не проти, бо надто втомилася, щоб робити щось більше, ніж спати, виснажена свіжим морським повітрям. Моя дитина навіть не ворушиться всередині мене.

Я вдягаю піжаму і одразу засинаю. Мені сниться Дерріл, я шукаю його, шукаю високо і низько, всюди. Я йду і йду, мої ноги в пухирях і кровоточать, але Дерріла все ще немає. Іноді я натрапляю на когось або щось схоже на опудало в полі. Я запитую, чи не бачив він Дерріла, і він, як у «Чарівнику країни Оз», показує на всі боки. Він мені дуже допомагає.

Я також запитую дивну, бородату жінку, яка працює в цирку, чи не бачила вона Дерріла. Вона сміється, і сміється, і сміється.

Його ніде немає, тому я прокидаюся і вмикаю свій ноутбук. Я проводжу вечір за переглядом наших фотографій. Наше життя.

Коли ми були разом, навколо нас була любов. Я знаю, що це звучить як дурне кліше, але вона була там, особливо коли Дерріл дивився на мене або коли я дивилася на нього. Ми кохали одне одного такою любов'ю, якої більше ніколи не буде у світі, де ми розлучені.

Коли я переглядаю минуле на самоті, я відчуваю, що він, дитина і я разом дивимося на фотографії. Дитина сидить у мене на колінах. Дерріл стоїть за моєю спиною і дивиться через моє плече, коли я перегортаю сторінку за сторінкою.

Коли я закінчую, сходить сонце і приносить новий день.

Виснажена, я повертаюся до ліжка.

***

«Кет. Кет! КЕТ!»

Що за? Припини. Я хочу продовжувати мріяти.

«КЕТ!»

Я усвідомлюю, що чую голос Дерріла. Що? Я струснулася, щоб прокинутися. Я слухаю і чую його знову.

«Кет.»

«Дерріл?»

Я відкидаю ковдру і відчиняю двері спальні. Тепер, коли я відповіла, він шепоче моє ім'я знову і знову.

Я опиняюся в дитячій кімнаті, де стою нерухомо і слухаю. Я здригаюся, наче мене пронизує вітер. Потім я хапаю ковдру з ліжечка і накидаю її на плечі. Дитина тиха, ніби ще не прокинулася.

«Кет».

Я дивлюся на вікно. Вітер змушує його клацати і грюкати, а потім штовхає його навстіж. Прохолодна осінь обіймає мене, тримаючи і водночас підштовхуючи.

«Кет».

Я повертаюся туди, звідки лунає голос. Дзеркало. Моя дитина прокидається і сильно штовхає мене. Я підводжуся і йду до дзеркала. Дерев'яна рама від рук ворушиться, крутиться, зміщується. Скло в рамі мерехтить і тремтить. Наче хмара зайшла в дитячу і проходить крізь скло. Я підходжу ближче. Піднімаю руку і прикладаю долоню до поверхні.

*ДЗЕРКАЛО, ТИ ВІДДЗЕРКАЛЮЄШ МЕНЕ З НАДЛИШКОМ.

Вірш, який я читала в старших класах, вторгається в мої думки. Він спливає в моїй голові, коли моя рука пробиває поверхню і зникає всередині скла.

Далі, все ще заповнюючи прогалину. І ось вона. Інша рука тисне на мою. Рука Дерріла. Рука Дерріла?

Так. Підтверджую, коли хмара в дзеркалі розсіюється. Ми торкаємося один одного долонею до долоні.

Злякавшись, я відступаю назад і теж відсмикую руку. Дитина штовхається, і я торкаюся до неї долонею. Хмара повертається назад, поки я заспокоюю дитину, і Дерріл зникає.

Я хочу розбити її.

Я хочу бути в ній.

Чи я все це вигадала? Чи була я божевільною?

Я божевільна.

«Кет. Повернись. Будь ласка.»

Я пещу нашу дитину однією рукою, а потім рука переходить на наш бік і тримає мене за руку. Це рука Дерріла. Він тут, заспокоює нашу дитину. Якимось чином. Якимось чином. Коханий.

«Дерріл».

Його друга рука, з обручкою, проходить крізь дзеркало на наш бік. Ми падаємо в нього, в його обійми, в дзеркало.

«О, Кет».

Його руки змушують мене тремтіти, коли він проводить ними по дитині. Дитина повертається до нього, і ми опиняємося на півдорозі до нього і на півдорозі від нього.

«Він гарний», - каже Дерріл. «Як його мама».

«Ми не знаємо, чи це він, чи вона», - кажу я, дивлячись у його блакитні очі.

«Він - це він, безумовно», - каже Дерріл. «Він сильний і здоровий».

У відповідь на голос батька дитина штовхається і котиться.

«Стій спокійно», - кажу я, втискаючись ще глибше в дзеркало. Дитина пройшла майже весь шлях, але я не проходжу крізь скло. Я завжди можу відступити, якщо потрібно. Я не знаю, чому я хвилююся. Зрештою, це ж Дерріл. Як я за ним скучила. Проте, частина мене залишається на якорі по той бік.

«Дерріл, це твій син. Сину, це твій тато», - кажу я, а сльози течуть по моїх щоках водоспадом. Не маленькі жіночі сльози, а великі товсті соковиті дощові сльози. Я схлипую.

Дерріл цілує мене в губи. Він має смак осені, але теплий і прохолодний водночас. Потім він нахиляється, цілує нашу дитину.

«Синку, ти повинен піклуватися про свою маму заради мене, добре? Я так пишаюся тобою і тим, ким ти станеш одного дня. Я люблю тебе. Я люблю вас обох».

Я штовхаю нас, просуваю ще на дюйм вперед. Я розглядаю можливість пройти весь шлях, але щось, якесь відчуття стримує мене. Я хочу бути там. Я хочу пройти і бути з

Деррілом, де б він не був. Я хочу, щоб ми втрьох були разом, назавжди. Сповнена рішучості, я намагаюся штовхати і штовхати. Я хочу, щоб ми пройшли до кінця.

«Не треба», - благає Дерріл. «Навіть не намагайся. Ми вже це зробили. Давай насолоджуватися цим, поки можемо. Воно не прощає.»

«Я хочу тебе. Я хочу, щоб ми, ми втрьох були разом. Завжди.»

«Ми маємо лише те, що воно нам дасть», - каже Дерріл. «Час - мінливий друг чи ворог. Ми ніколи не знаємо, що прийде, а що піде».

«Ти поет, а я навіть не знала», - кажу я, хихикаючи.

Повіває сильний вітер, і Дерріл відступає назад. Подалі.

«Йди зараз», - закликає він.

«Ні! Куди ти йдеш, Дерріле?» Я плачу. «Повернися. Будь ласка, не залишай мене. Не залишай нас знову.»

«Я спробую повернутися, побачити тебе знову, як тільки зможу. Якщо зможу. А тепер йди. Як-небудь. Пам'ятай мене завжди. Я завжди буду дорожити тобою. Вір у мене, і тоді, можливо, ми зможемо ще раз зустрітися».

Вітер дме у величезній хмарі. Вона затуляє нам очі і ми не бачимо Дерріла. Раніше хмара була білою і пухкою, але тепер вона чорна і сповнена гніву.

Я тягну нас назад.

Коли я це роблю, мої коліна підгинаються.

Я падаю на підлогу і ридаю.

Таке відчуття, ніби я знову втратила Дерріла.

Але цього разу я плачу за двох. Горюю за двох.

***

«Кет, з тобою все гаразд?»

Я прокидаюся і згадую, але це лише моя мама. Вона намагається підняти мене з підлоги, але я занадто важка.

«Я викликала швидку», - каже вона, коли я намагаюся піднятися, але не можу.

«Я хочу спати», - кажу я, борючись із черговим фестивалем сліз.

Приїжджає швидка, і вони збігають по сходах. Вони перевіряють мої життєві показники та показники дитини, і як тільки вони підтверджують, що з нами все гаразд, вони допомагають мені лягти в ліжко.

Мама висить у повітрі, і щоб заспокоїти її, я кажу: «Він в порядку, і я в порядку».

Вона зупиняється на місці. «Я не знала, що ти вже питала про стать дитини».

«А я й не питала», - кажу я. "Я просто відчуваю, що він - це він".

Здається, брехня робить свою справу. Я вдаю, що втомилася більше, ніж є насправді. Дитина, здається, теж спить. Поцілувавши мене в чоло, мама виходить і зачиняє за собою двері.

Я не сплю годинами, думаю про Дерріла і гадаю, коли ж ми знову побачимося, доторкнемося одне до одного.

***

Кожного дня після нашої зустрічі з Деррілом я хочу повернутися назад.

Я пишу саме те, що відбувається. Ведення записів має сенс. Це єдиний спосіб, яким я можу гарантувати, що мій вагітний мозок збереже мої спогади недоторканими. Записуючи все це, зациклюючись на цьому, ми можемо проживати один і той самий день знову і знову. Це як наша власна версія фільму «День бабака», тільки цього разу я - Білл Мюррей.

Дерріл сказав, що це «невблаганно». Він мав на увазі час?

Я запитав Моні, що вона думає. Вона теж вважає це досить дивним.

Ми починаємо працювати разом, досліджувати надприродні явища. Наша мета - події, пов'язані з подорожами в дзеркалах в Інтернеті.

Ми знаходимо інтригуючі статті про паралельні всесвіти. Деякі з них називають дзеркала точками входу в них. Дослідження говорять про такі речі, як віртуальні реальності та розриви між вимірами. Вони також обговорюють просторові двері та окультизм. Однак, окрім вигаданих романів, ми не можемо знайти жодних реальних доказів, хоча і знаходимо кілька тверджень.

Ми знайшли кілька списків речей, які ви ніколи не повинні робити з дзеркалами, наприклад

Ніколи не дивіться в дзеркало при свічках, воно може показати вам версію вашого будинку з привидами.

Якщо ви дивитеся в дзеркало між двома високими білими свічками, ви можете побачити дух коханої людини, яка померла. Їх душа може застрягти у вашому дзеркалі.

Від цього у мене серце вискочило з рота.

Душа Дерріла застрягла там? Це не здавалося поганим чи страшним місцем, але він згадав про те, що не прощає.

Я здригнулася і перейшла до наступного пункту.

Завжди закривайте дзеркало з привидами під час грози. Блискавка випустить привидів.

Я розповідаю Моні, що коли я вперше зайшла в кімнату, дзеркало було частково затулене. Я обіймаю себе і знову здригаюся.

«Перш за все, - каже Моні, - твоя мама, швидше за все, поклала його туди, щоб воно не впало на підлогу. Нічого страшного. Просто збіг обставин». Вона дивиться на мене. «Ти впевнена, що хочеш продовжувати?»

Я киваю і читаю наступне.

Це погана прикмета - отримувати в подарунок дзеркало з дому померлої людини.

«Боже мій!» кричу я і затуляю кулаком рот. Не хочу лякати дитину, але дзеркало після смерті століттями залишалося в нашій родині. Не як подарунок з бантиком, а як подарунок і сімейна реліквія.

Я не знаю, у кого було дзеркало до того, як воно потрапило в нашу родину. Мені потрібно дізнатися про це більше.

Я пояснюю це Моні, яка сама трохи здригається, перш ніж прочитати наступне.

Якщо хтось бачить своє відображення у дзеркалі в кімнаті, де хтось нещодавно помер, він скоро помре.

«Ну, з першим у нас усе гаразд», - каже вона, а потім дивиться на мене, щоб підтвердити, і я киваю головою.

Я читаю наступне.

Якщо привид блукає вашим будинком вночі, дзеркало може його зафіксувати.

Це моторошно. Ніхто з нас нічого не каже про це.

Дитина ворушиться.

Я гортаю статтю далі. Є наукові докази. Там згадуються квантові дзеркала та дзеркала багатовсесвіту як ворота до інших світів.

«Нам потрібно знати більше. Я хочу дізнатися більше про це дзеркало і про те, як воно потрапило до моєї родини. Звідки воно почалося? Хто і коли нам його подарував?» кажу я з трепетом.

«Як ми це зробимо?» запитує Моні, і ми обоє сидимо, роздумуючи над цим питанням, наодинці, але разом, досить довго.

Минають дні і тижні. Ми з Моні продовжуємо пошуки, коли маємо час.

Ми відстежуємо концепцію подорожей крізь дзеркала. Вона сягає корінням у давні цивілізації.

Ми оглядаємо наше дзеркало з ніг до голови, сподіваючись знайти маркування виробника. Не пощастило.

З дитиною, яка має народитися за тиждень - плюс-мінус кілька днів - ми з Моні сидимо разом на моїй кухні. По тому,

як вона то починає, то припиняє говорити, я розумію, що в неї
на думці щось важливе.

«Ти можеш подумати, що це трохи божевільно».

«Розкажи мені», - кажу я.

Дитина штовхається. Я пещу його ніжку.

«Я попереджаю тебе», - каже Моні. «Воно там.»

«Давай.»

«Гаразд, поїхали. В Інтернеті я знайшла жінку, яка є
екстрасенсом і медіумом. У неї дуже хороша, навіть відмінна
репутація. Вона приносить результати у справах, за які
береться».

Я нахиляюся ближче.

«Тітка Марія ворожить на картах як хобі. Вона читала про
жінку, про яку я говорю. Вона знайшла про неї тільки хороші
речі.»

«Екстрасенс?» кажу я. Я не розумію медіумів. Хоча я знаю
про того хлопця, якого показували по телевізору, Джона якось
там. Едвардс. Я вимовляю його ім'я вголос.

«Так», - каже Моні.

«Ти маєш на увазі, що жінка-екстрасенс зв'яжеться з
Деррілом?»

Моні киває.

«Але я змогла зв'язатися з ним сама. Я не знаю, чим вона
може допомогти, адже ми вже були там самі».

«Ми повинні спробувати. Вона нам потрібна. Не для
Дерріла, а для дзеркала, - каже Моні. «Якщо це мандрівне
дзеркало. Ти кажеш, що так, тому що ти подорожував у ньому.

Нам потрібно знати про нього більше. Вона могла б його перевірити. Я маю на увазі, екстрасенси роблять тести.»

«О», - кажу я, і тепер я зацікавлений більше, ніж раніше. Я нахиляюся трохи ближче.

«Я трохи пояснив їй, що сталося, не вдаючись у подробиці. Її звуть Анна Август, і вона дуже хоче познайомитися з тобою, побачити кімнату і дзеркало. Я б теж хотіла бути тут, для моральної підтримки. Тобто, якщо ти хочеш, щоб я була».

«Ти маєш бути тут зі мною», - кажу я, і дитина штовхається, щоб засвідчити свій голос. Я підходжу до кулера з водою і наливаю собі склянку прохолодної рідини. «Скільки вона просить за візит?» запитую я після кількох ковтків.

«П'ятсот».

Я сідаю і притискаю прохолодну склянку до чола.

«Я знаю, що прошу забагато, - продовжує Моні, - і я хотіла б запропонувати це як подарунок».

«Це дуже мило з твого боку», - кажу я. Але якщо ми з тобою розділимо її п'ятдесят на п'ятдесят, і половина буде твоїм подарунком, то це буде чудово». Як вона збирає гроші? Я маю на увазі, заздалегідь?»

Моні пояснює, як це працюватиме. Ми повинні негайно надіслати десять відсотків завдатку на знак доброї волі. Анна надішле нам квитанцію, домовиться про дату і час особистого візиту. В узгоджену дату, решту суми потрібно буде сплатити після прибуття.

«Після прибуття?» кажу я. Здається трохи нахабним просити гроші наперед, але, з іншого боку, хто знає протокол для екстрасенсів?

Моні дістає з холодильника склянку апельсинового соку і робить довгий ковток. «Згідно з їхнім сайтом, доставка здійснюється при вході в будинок їхнього клієнта, тобто тебе».

«То вона нічого не обіцяє натомість?»

«Ні», - підтверджує Моні. «Але у мене таке відчуття, що це норма у світі екстрасенсів. Коли вона погоджується взятися за вашу справу, вона повністю бере на себе зобов'язання. Вона хоче переконатися, що її клієнти теж. Вона обирає, кому хоче допомогти. Кажучи своїм новим клієнтам, що вона хоче авансовий платіж, а решту - наперед, вона зможе відсіяти диваків».

Я сміюся, гадаючи, чи вважатиме вона мене диваком, навіть якщо я заплачу наперед. «А вона, Анна місцева?»

«Ні, вона не місцева, але вона знала, де ти живеш. Я маю на увазі, до того, як я сказав їй твою адресу. Вона сказала, що останні кілька місяців відчуває дивне занепокоєння в цьому районі. Насправді, воно було настільки сильним, що вона думала про те, щоб розслідувати його самостійно».

Це звучить цікаво і водночас надумано. «Ви маєте на увазі, що у неї було передчуття?»

«Я теж про це питав, але вона сказала, що ні. Хоча вони у неї часто бувають. В даному випадку вона відчула психічне порушення. Щось пронеслося над нею. Волосся стало дибки. Щось таке».

Після перегляду страшного фільму зі мною таке трапляється, але я не кажу про це. Натомість я погоджуюся надіслати авансовий платіж і заплатити їй повну суму після приїзду. «Ми повинні дізнатися більше, і у нас не так багато варіантів».

«Є багато інших варіантів, - каже Моні, - але в Анни є кредит довіри на вулиці. Я зроблю так, щоб це сталося якомога швидше».

***

Третього травня, о третій годині дня, до мене додому приїжджає відома екстрасенс і медіум Анна Август. Ми з Моні ховаємося за шторами. Ми спостерігаємо, як вона виходить з машини на під'їзну доріжку. Нам обом дуже цікаво, і ми хочемо перевірити її, перш ніж зустрінемося з нею особисто.

За останні кілька тижнів ми стали одержимі Анною. У той же час, я став одержимий дзеркалом, відколи Анна сказала мені триматися від нього подалі. Я не розмовляла з нею, але вона наполягла, щоб Моні передала мені термінове повідомлення.

Суть повідомлення полягала в тому, що якщо я зайду туди знову, вона дізнається. Наша домовленість буде скасована. Крім того, повна оплата все одно була б потрібна.

Це були б легкі гроші для неї, якби я проігнорував попередження. Вона б отримала гроші, навіть не переступивши мого порогу. Її слова налякали мене настільки, що я замкнула двері дитячої. Про всяк випадок.

Ганні близько шістдесяти років, вона вродлива жінка. Вона не вродлива, вона вродлива. Це не є образою. Це те, як вона виглядає для нас обох. Вона дуже висока, близько семи футів, а ще вона носить зачіску, зібрану в пучок на голові. Це ще більше збільшує її зріст.

На ній криваво-червоне пальто з високим коміром і чорними ґудзиками у формі серця. На ногах - товсті чорні клинці. На обличчі - легенький дотик туші, червона помада і більше нічого. У темно-чорному волоссі за лівим вухом виднілася чорна сережка у формі серця. Ідеально пасує до ґудзиків на її пальті.

Анна прямує до вхідних дверей з потужним почуттям рішучості та цілеспрямованості. Вона трохи хитається на танкетках, і ми хихикаємо. Коли Анна помічає нас, вона підморгує і робить знак хреста над собою. Вона вагається, а потім хреститься над моєю хатою.

Ми настільки відволіклися і захопилися всім, що зробила Анна, що не помічаємо чоловіка, який йде позаду неї.

Він стоїть близько п'яти футів на зріст, чорнявий і з чорною бородою. На ньому чорне пальто, чорна кепка прикриває очі, чорні штани і туфлі. Він пропливає темною самотньою хмарою. Ми розуміємо, що він сутулиться через те, що несе за спиною: невелику чорну скриню. Хоч вона і невелика, але її ваги достатньо, щоб змусити його згорбитися.

Анна натискає на клямку, і ми поспішаємо їм назустріч.

***

Анна влітає, як вітер, і темна хмара насувається слідом за нею. Вона простягає руку мені першою, беручи мою другу руку. Вона дивиться в мої очі, а я в її - дивного зеленого відтінку з маленькими червоними цяточками по всій зіниці.

«Я так рада нарешті з вами познайомитися», - каже вона, простягаючи руку, а потім зупиняється перед тим, як торкнутися дитини. Я киваю, що вона може це зробити, і вона кладе свою відкриту долоню на дитину. Я очікую, що він штовхнеться, щоб підтвердити її присутність, але він не робить цього.

«Він, мабуть, спить», - кажу я. З якоїсь дивної причини те, що він не відрекомендувався за допомогою штовхання, змушує мене відчути, що ми поводимося неввічливо.

Анна відкидає пальто. Вона повертається до Моні і вітається. Вона знайомить нас зі своїм чоловіком, який стоїть на задньому плані, розтягуючи спину. Його звати Баллард.

Я підходжу до нього, і ми тиснемо один одному руки. Йому потрібна допомога, щоб зняти скриню зі спини, тож я допомагаю йому. Після цього він випростується і стає на ноги. Зрештою, він не такий вже й низький. Він невисокий на зріст чоловіка, а Анна у своїх клинах височіє над ним.

«Давай займемося нудними деталями», - пропонує Баллард.

«Так», - каже Анна.

«Вона має на увазі гроші», - шепоче Моні.

Я дістаю з тумбочки свою сумочку. У ній вся сума, яку я передаю Анні, а та віддає її Балларду.

«Дякую», - каже Анна.

Баллард дістає гроші і перегортає їх. Переконавшись, що там повна сума, він ховає її в кишеню свого пальта.

Анна каже: «Я б хотіла побачити кімнату».

Ми втрьох, Моні, Анна і я (або вчотирьох, якщо брати до уваги дитину) прямуємо до дитячої. Я озираюся назад і бачу, як Баллард шукає в кишені ключ, який вставляє в замок і відчиняє багажник.

Мене цікавить ключ, але ще більше - його вміст. Баллард продовжує. Я повертаюся до цієї справи.

«Усьому свій час», - каже Анна, ведучи нас далі. Вона бачить, як я з цікавістю дивлюся на Балларда. Здається, вона нічого не пропускає.

Перш ніж ми дійшли до дитячої, Анна раптово зупиняється. Я ледь не наштовхуюсь на неї, бо тепер я в кінці групи, а попереду йде Моні.

Дихання Анни змінюється. Вона накладає в штани, і її щоки дуже розчервонілися. Вона хапається кулаками за стіну праворуч і ліворуч від себе і завмирає, як укопана. Її кулаки розкриваються, наче троянди, що розпускаються. Вона кладе долоні на поверхню стін по обидва боки від себе.

Її голова відкидається назад, а очі широко розплющуються, дивлячись у стелю. Все її тіло починає здригатися і битися в конвульсіях, наче в епілептичному припадку.

***

Щось проникає в її тіло. Що б це не було, я бачу, як воно пробивається крізь неї. Я дивлюся на Моні, чиї очі майже вилазять з черепа. Я простягаю руку через плече Анни і беру руку Моні в свою. Ми завмираємо, не знаючи, що робити. Анна продовжує вібрувати і скручуватися.

Баллард з'являється поруч і прикладає щось до розгорнутого лоба Анни. Це срібло.

Я бачу, як воно спалахує у світлі, але не можу розгледіти, що це. Спочатку розмитість, потім мерехтіння. Незабаром руки і голова Анни опускаються. Потім вона знову серед нас.

«Пробач, кохана, - каже Баллард. «Я не очікував...» Він зупиняється і дивиться на мене і Моні, які все ще стоять разом, тримаючись за руки.

«Я теж», - каже Анна, роблячи глибокий вдих і кілька разів випускаючи його, щоб заспокоїтися. «Це було потужне щось або хтось. Можна мені келих портвейну, перш ніж ми продовжимо?»

Я починаю говорити, що в мене вдома немає портвейну. Баллард, який прийшов заздалегідь, дістає флягу з-під піджака. Він відкручує кришку і подає її Анні.

Її руки тремтять, коли вона намагається зробити ковток. Баллард допомагає.

Анна витирає рот рукою. Я все ще бачу, як тремтять її пальці, коли вона передає фляжку назад. Баллард пропонує мені зробити ковток. Я відмовляюся через дитину. Моні теж відмовляється, але дякує Балларду за пропозицію.

Анна порушує мовчанку. «А тепер продовжимо».

***

Перш ніж ми дійшли до дверей дитячої, вони грюкають. Сила удару така велика, що я думаю, вона може зламати петлі. Я проштовхуюсь повз оточення, використовуючи обхват моєї дитини, щоб розчистити собі шлях.

Коли я опиняюся біля дверей, я тягнуся до кишені за ключем. Відчинивши двері, я намагаюся повернути ручку. Я кажу «намагаюся» з двох причин.

По-перше, вона не піддається, а по-друге, вона розпечена до червоного, настільки, що я кричу, коли моя шкіра впивається в неї. Металева ручка ніби приварюється до мене, а моя шкіра шипить і пахне так, ніби мене смажать на барбекю.

Моя розпечена плоть пахне майже беконом, коли я продовжую намагатися відокремитися від ручки. Наступні кілька секунд здається, що час зупинився, і я зосереджую свою увагу на самій ручці, а не на болю. Одним рухом я відриваюся. Ручка рухається. На секунду мені здається, що вона повернеться і відкриється, але цього не відбувається.

Я дивлюся ліворуч, де стоїть Моні, дивиться, гадаючи, що робити, але нічого не робить. Я дивлюся на Балларда, який дивиться на Анну, що з заплющеними очима вимовляє слова.

Я дивлюся і слухаю її бурмотіння, розуміючи, що вона робить заклинання або заклинання. Принаймні, так це виглядало на основі вигаданих телевізійних шоу з відьмами, які я бачив.

Чи виконують екстрасенси заклинання або заклинання? Я не був упевнений, але що б вона не планувала, я дуже сподівався, що це спрацює.

Коли ця думка промайнула в моїй голові, температура дверної ручки зросла з дев'яти до десяти, і я скрикнула від болю. Баллард кидається до мене з флаконом бренді в руці і вихлюпує його вміст мені на руку. Він димить, плює і пахне, наче різдвяний пудинг, що зіпсувався.

Це спрацьовує, і моя рука відривається від ручки. Баллард відводить мене від дверей. Я стою нерухомо, поки Моні передає Балларду аптечку, яку вона знайшла у ванній кімнаті. Він загортає мою руку в марлю, попередньо збризнувши її рідиною від опіків. Це охолоджує температуру моєї шкіри. Коли він обгортає руку марлею, біль стає мінімальним.

Коли ми повертаємося в коридор, Анни ніде немає, але двері до дитячої стоять навстіж.

Цього разу Баллард йде попереду, а ми з Моні - трохи позаду. Баллард тримає праву руку перед собою, наче очікує приходу чогось невидимого і невідомого. Якби у нього в руці був хрест, він був би не зайвим. Я забагато дивився телевізор, і це мені не на користь.

Опинившись у дитячій, Баллард шепоче: «Анна». Він стоїть у дверях, не даючи нам з Моні увійти до кімнати.

Ми не відповідаємо.

Баллард робить крок уперед, все ще кличучи Анну, і ми заходимо за ним.

Вікно відчинене навстіж, як і того дня, коли я побачила себе у дзеркалі. Але вітер дуже сильний. Він здіймає штори вперед. Вони хвилюються і пливуть над підлогою, наче примари.

Летючі штори спрямовують мій погляд у бік дзеркала. Моні та Баллард роблять те саме, але цього разу вони стоять позаду мене, коли я йду до дзеркала. Ковдра, що колись була завішана над дзеркалом, тепер зім'ята в грудку на підлозі.

«Анно!» гукаю я.

Баллард вигукує ім'я своєї дружини.

Хоча я його не знаю, висота і тон його голосу змушують мурашки бігти по моїх передпліччях. Я повертаюся і дивлюся на нього, бачачи чистий страх. Мені здається абсурдним, що він настільки наляканий. Баллард - її партнер у всіх відношеннях. Їхнє життя зосереджене на тому, щоб допомагати людям налагоджувати зв'язок з їхніми близькими по той бік. Вони професіонали.

Я підходжу до дзеркала. Одним гігантським кроком я входжу в нього всім тілом.

Останнє, що я чую, це як Моні вигукує моє ім'я.

***

По той бік повна темрява.

Це не схоже на те, що було раніше. Страшно.

Я роблю два кроки вперед. Щось хрумтить під ногами. Я відходжу трохи вбік, сподіваючись, що що б це не було, його там не буде, але воно є. Я йду вперед, наступаю на щось більше, поки не спотикаюся і не зупиняюся.

Занадто налякана, щоб поворухнутися, я розумію, що це місце було саме таким, яким я очікувала побачити внутрішню сторону дзеркала. Чого я не очікувала, так це запаху. Він вогкий, як гниле осіннє листя, і холодний. Я обхоплюю себе руками.

Не ворушуся, сподіваючись, що очі звикнуть до темряви.

Минають секунди. Але я не роблю жодного кроку в жодному напрямку. Відчуваю, як мене час від часу хитає. Стояти на місці з таким великим животом - нелегке завдання. Я відчуваю, що можу перекинутися. Я пещу свій животик і намагаюся залишатися спокійною.

Де ліси, пляж і гори? Де сонце і осінній вітерець? Тут застигле повітря стоїть на місці.

Мені здається, що це інший вимір.

Чому це місце здається таким незнайомим, коли інше здавалося рідним? Я був дурнем, коли увійшов, не знаючи, що Анна тут.

Я чую хрускіт, а потім голос Анни. «Кет?»

Моє тіло здригається, коли я відповідаю.

«Кет, - каже вона, - тобі треба забиратися звідси».

Я пещу свій живіт, намагаючись повернутися до нормального стану.

«Знаєш, скільки кроків ти зробила після того, як зайшла?» запитує Анна.

Я кажу їй, що зробив не так багато кроків, але й не рахував їх.

Вона запитує, чи змогла б я розвернутися, якби знала, в якому напрямку прийшла, і я кажу, що думаю, що знаю.

«Розвертайся і йди в напрямку вулиці, - наказує Анна. «Я йтиму на звук твоїх кроків. Звук буде вести мене, і ми вийдемо разом».

Я думаю про Дерріла, коли ми вперше зустрілися. З цими щасливими думками на передньому плані мого розуму з'являється спогад. Це було про щось, що я читав або дивився. Про демонів у темряві, які приймають голоси тих, кого ми знаємо, іноді навіть тих, кого ми любимо. У ньому демони прикидаються тими, ким вони не є.

Я заспокоюю свій розум і відганяю ці думки, набираючись сил, думаючи про Дерріла і дитину. Я розвертаюся, простягаю руки, щоб намацати дорогу. Хрускіт змушує мене відчути паніку, але я знаю, що не зайшла надто далеко. Я йду вперед, як сліпий зомбі, і нічого не відчуваю.

Роблю ще два кроки ліворуч, все ще рухаючись у тому ж напрямку, що й раніше, і знову простягаю руки перед собою. Все ще ні з чим не контактую. Ще два кроки.

Ось воно. Я відчуваю його і роблю крок вперед. Баллард і Моні тягнуть мене решту шляху.

Анна хапає мене за хвіст сорочки і теж проходить.

Ми в безпеці.

Ми повернулися.

***

Я плачу, коли Моні допомагає мені перейти через кімнату. Я сідаю в крісло-планер так, ніби несу на своїх плечах вагу всього світу. Я пещу свій животик і наспівую «Frere Jacques», щоб заспокоїти своє серце і розум. Мій хлопчик не відповідає штовханиною, але від цього він не стає гіршим.

Моні приносить чашку гарячого чаю. Мої руки надто тремтять, щоб утримати її. Вона підносить її до моїх губ, і я роблю ковток.

У кутку, поза зоною чутності, Анна шепочеться з Баллардом, коли робить ковток з фляги. Вона тремтить, а Баллард час від часу дивиться в мій бік, а потім знову на свою дружину. Я врятував її, повернув її назад. Мені цікаво, про що вони говорять, але я надто втомлений, щоб прислухатися до їхньої розмови.

«Як довго?» запитую я Моні.

«Вісім годин».

«Не може бути вісім годин!»

«Надворі темно. Бачиш?» Вона відсуває штори, показуючи темряву надворі замість денного світла. Вона нахиляється і запитує: «Як там Дерріл?»

Мій син дає мені такого сильного стусана, що мені перехоплює подих. Я пещу його ногу через свою шкіру. «Заспокойся, синку».

Моні чекає, поки дитина заспокоїться, перш ніж запитати: «Якщо Дерріла там не було, чому тебе так довго не було?»

«Я не знаю», - кажу я, дивлячись у бік Анни і сподіваючись, що вона може запропонувати якісь відповіді. Зрештою, вона - єдиний експерт у кімнаті.

Анна робить ще один ковток з фляги. Побачивши, що я дивлюся на неї, вона спотикається і йде через усю кімнату. «З тобою все гаразд?»

Анна стоїть зліва від мене, Моні переді мною, а Баллард праворуч, ніби я - центр півкола. Я тремчу. Моні накидає мені на плечі ковдру.

Анна каже: «Дзеркало має багато облич. Це, - вона показує на нього, - треба розбити».

«Але чому?» запитую я, цокаючи зубами. «Воно було в моїй родині протягом десятиліть, і воно привело до мене Дерріла».

«Я пропоную вам відправити його подалі, якщо ви не можете його знищити. Він знову покличе вас і спокусить увійти, якщо буде у вашому домі. Наступного разу вам може не так пощастити. Наступного разу ви можете застрягти там назавжди».

«Послухайте мою дружину, - каже Баллард. «Вона знає, про що говорить, і все, що вона хоче зробити - це вберегти вас і вашу дитину від шкоди».

«Це могло нам зашкодити, але не зашкодило», - кажу я. «Було темно і сиро, але я бувала і в гірших місцях, набагато гірших».

Анна замислюється, трохи походжає, а потім каже: «Хрускіт. Як ти думаєш, що це було?»

Баллард підходить до дружини, шепоче їй на вухо. Вони знову повертаються до мене.

«Листя», - відповідаю я. «Опале листя».

Очі Анни загоряються, коли вона дивиться на чоловіка. «Це був звук ламання кісток. Кісток інших, які не повернулися».

Я задихаюся і намагаюся не закричати. Я думаю про звук, який я чула, і задаюся питанням, чи не вигадує вона його, намагаючись налякати мене. Якби я наступила на кістки, як би це звучало? Відчуття під ногами? Вони звучали б точно так само, як у дзеркалі.

«А тепер давай забиратися звідси», - каже Анна. «Ми зробили все, що могли. Ми не можемо тут більше залишатися. Запам'ятай мої слова, якщо ти не знищиш цю штуку, то вона буде на твоїй голові».

Коли вони відходять від мене, я кричу: «Чому ви не дочекалися мене? Чому ви увійшли в дзеркало без мене? Раніше там був Дерріл, мій чоловік. Все було безпечно і добре. Чому ти не дочекалася?» Я підводжуся і йду за ними, чекаючи відповіді, пояснення.

Анна продовжує йти.

Баллард зупиняється, хоче щось сказати. Він передумує: «Ходімо, кохана. Ця жінка не цінує ні твоєї жертви, ні твоїх порад».

«Її жертву? Я пішов туди і витягнув її звідти! Я врятував її.»

«Заспокойся, - каже Моні. «Це недобре для дитини».

«Забирайся з мого будинку», - кричу я.

Після того, як Баллард пристебнув багажник на спині, вони з дружиною виходять з мого будинку.

Я стою зі стиснутими кулаками, а вода стікає по моїх ногах. Запаморочення охоплює мене, і я падаю на підлогу.

***

Зрештою, це не вода. Це кров.

Я дізналася про це лише після того, як швидка допомога з криками приїхала до мого під'їзду і парамедики оглянули мене. Життєві показники в нормі, але вони наполягають, щоб ми їхали в лікарню.

Відпочиваючи, прив'язана до апаратів і моніторів, я відчуваю вдячність за те, що зі мною і моїм сином все гаразд. Не більше і не менше.

Моні подзвонила моїй мамі, яка швидко приїхала. Вона сиділа зі мною, тримала мене за руку і говорила, що все буде добре. Зараз вона міцно спить у кріслі.

Дивлячись на те, як вона спить, я розумію, що матері подібні до Бога. Ми покладаємося на них у всьому від моменту нашого зачаття. Коли вони пояснюють, що все буде добре, навіть якщо ми знаємо, що вони не можуть цього знати, ми все одно віримо їм. Якби вони сказали нам, що небо помаранчеве, ми б їм повірили. Навіщо їм нам брехати? Наші матері - це медсестри, лікарі, радники чи консультанти, вчителі, філософи і наші друзі. Мами носять так багато капелюхів.

Я відчуваю, як у мене піднімається живіт, і думаю про свій власний потенціал, щоб виконати роль матері та єдиного батька для мого сина. Сподіваюся, що зможу зрівнятися з силою і мужністю моєї матері. Якщо я зможу досягти вісімдесяти відсотків того, чим вона була для мене, я буду на сьомому небі від щастя.

Я обмірковую те, що мені сказав лікар. Кровотеча не була серйозною. Тимчасовий стан, і вона зупинилася. З дитиною все гаразд, серцебиття сильне. Проте, термін пологів не за горами, і вони хочуть, щоб ми були тут.

Я засинаю, думаю про Анну, розчарований. Вона так довго готувалася до того, щоб приїхати і запропонувати свою допомогу. Я попросила Моні зв'язатися з нею, щоб дізнатися, чи зможе вона заповнити деякі прогалини. Я хотіла знати, що сталося з нею перед тим, як я увійшла в дзеркало. Що вона знала? Що вона бачила?

Я також хотіла знати, чому вона стрибнула в дзеркало до того, як ніхто з нас не був у кімнаті.

Сльози розливаються по моїх щоках у тихому плачі. Я так сумую за Деррілом. Життя було б зовсім іншим, якби він був тут. Життя надто коротке, надто дорогоцінне, щоб гаяти жодної миті.

Я падаю на подушку і закриваю очі.

***

Мої ноги відриваються від землі. Я злітаю крилами монаршого метелика у відкрите повітря. Я піднімаюся все вище і вище в небо, а повз мене пролітають літаки. Пасажири махають мені з вікон. Птахи зупиняються. Один сідає мені на плече. Він відкриває і закриває дзьоб у пісні, ніби намагається вести зі мною розмову. Він відлітає, щасливий, що спробував поспілкуватися зі своїм побратимом по небу.

Внизу за мною слідує маленька крилата людина. Я пещу свій животик, але бачу, що його вже немає. Крилата людина внизу

- це моя дитина. Його крила синьо-чорні. Він вчиться літати. Він пробивається до мене, намагаючись.

«Мамо», - кличе він.

Я застигаю на місці, чекаючи, поки він мене наздожене.

«Мамо», - знову кличе він.

Я притискаюся до нього, поки ми не опиняємося пліч-о-пліч. Я беру його за руку.

Разом ми піднімаємося.

Я закидаю голову назад, все ще тримаючи його руку в своїй, і небо за долю секунди змінюється з денного на нічне. Повітря з теплого стає холодним, а вітер підхоплює і відштовхує нас.

Ми з сином притискаємося одне до одного, тримаючись міцно, синхронно змахуючи крилами. Безсилі.

Гримить грім. Блискавки проносяться по небу позаду нас, під нами, все ближче і ближче.

Пряме попадання в мої крила. Іскра спалахує на його.

Ми падаємо туди, звідки прийшли.

***

Я прокидаюся від крику. Ось тобі і не розбудила маму.

Сон був таким реальним, таким яскравим. Він змусив монітори блимати і пищати. Прибіг персонал лікарні і взяв усе під контроль.

«Це був лише сон», - кажу я, щоб заспокоїти їх. Проте вони продовжують метушитися.

Я протираю очі від сну.

З мамою щось не так. Вони прийшли не по мене.

Вони кладуть її на лікарняне ліжко і викочують з кімнати. Колеса зі скрипом відвозять її від мене.

«Що відбувається?» кричу я. Я намагаюся піднятися, щоб піти з нею, щоб бути з нею. Я мушу наздогнати свиту.

Але я зв'язаний. Я намагаюся звільнитися. Недостатньо швидко.

Медсестра встромляє мені в руку голку.

Останнє, що я пам'ятаю, це як я лаюся на неї.

***

Коли я прокидаюся, Моні поруч зі мною. Коли я заснула, був день. А зараз темно. Все за вікном виглядає чорнильно-чорним і беззоряним.

Коли я намагаюся скласти докупи шматочки, мій син дуже сильно штовхає мене ногою. Він ніби нагадує мені, щоб я ставив його на перше місце, ніби я потребую нагадування. Спочатку був той страшний сон. Потім мама потрапила в біду, захворіла чи ще щось.

Я повертаюся до реальності.

Моні подає мені склянку води. Ми з нею так давно дружимо, що іноді здається, ніби між нами існує телепатичний зв'язок. Моні - найкраща подруга у світі. Я не знаю, що б я без неї робила.

«Дякую», - кажу я, роблячи ковток і відчуваючи, як прохолодна вода опускається в мій дуже порожній шлунок. Не дивно, що моя дитина штовхається, як божевільна. Мені потрібно підкріпитися, бо я не їла сьогодні. Не те, щоб лікарняна їжа була чимось, про що варто писати додому. Я запитую Моні, чи не могла б вона вислизнути і принести мені щось з фаст-фуду в якості частування.

Як завжди, Моні пропонує зателефонувати медсестрі. Запитати, чи не могли б вони зробити щось для мене, щоб не переривати їхні дієтичні потреби для мене і дитини. Це звучить як добра порада, хоча я б убив чизбургер, картоплю фрі та шейк.

Медсестра послужлива і каже, що якнайшвидше принесе щось спеціально для мене приготоване. Лікарняною мовою це означало, що як тільки я досягну вершини ієрархічної драбини. Перший прийшов, перший обслужений.

Я потираю однією рукою свій живіт і ковтаю більше води, щоб втамувати голод.

«Нам треба поговорити», - каже Моні.

«Я слухаю.

«Перш за все, з твоєю мамою все гаразд. У неї був інсульт, але, наскільки я розумію, невеликий. Я не знаю подробиць, бо я не член сім'ї, але в мене склалося враження, що вона повністю одужає».

Я зітхаю з полегшенням і нагадую Моні, що вона мені як сестра, якої в мене ніколи не було.

«У мене є сестра, - каже Моні, - але я обрала саме тебе».

«Люблю тебе», - кажу я.

«Я теж тебе люблю».

Ми мовчимо якусь мить, а потім вона каже: «Я говорила з Анною про тебе. Візит до твого дому і до дзеркала їх дуже налякав. Ці двоє не новачки. Вона, я маю на увазі Анну, ніколи не відчувала себе так близько до чистого зла, як тоді, коли була у твоєму дзеркалі».

Я пригадую відчуття блаженства, коли я була з Деррілом. Відчуття його дотику. Його зв'язок з сином. Те, що вона говорила, здавалося мені смішним, і я так і сказала.

«Що ти маєш на увазі?»

«По-перше, я теж там була. Так, було дуже темно. Було сиро і навіть трохи смердюче, але я не відчував присутності зла в повітрі. Якби зло причаїлося в цій темряві, то воно могло б забрати кожного з нас у будь-який момент. Ми були в його владі. Чому ж воно нічого не зробило?»

«Вона каже, що диявол хоче тільки душі пошкоджених. Тих, хто вчинив зло або зробив злі вчинки. Виняток становлять лише ті, хто приходить до нього добровільно і чистим серцем».

«А Анна, де вона вписується в цей сценарій? запитую я.

«Анна сказала, що якби не було вас і особливо дитини, то потвора забрала б її. Вона каже, що воно прошепотіло їй, що вона загубилася, що вона була його, перш ніж ви увійшли в дзеркало. Коли ви увійшли, з дитини виходило світло. Це не було яскраве світло. Воно було тьмяним, але цього було достатньо, щоб вона зрозуміла, що ви там. Це світло привело її до вас, і в останню можливу секунду вона схопила вас, а ви витягли її. Без дитини, без тебе вона б загубилася, її душа назавжди застрягла б там».

Не думаючи про це, я пещу ніжку дитини. Він перевертається всередині мене.

Я піднімаю очі: до кімнати заходить незнайомець із блокнотом. На його обличчі насуплений лоб завбільшки з Великий Каньйон, але він якийсь розчервонілий і блідий водночас.

«Ти Кет?» - запитує він.

***

На ньому немає білого халата, він не член сім'ї і не друг.

Я киваю, підтверджуючи, що я - це я.

У відповідь він гукає: «Занесіть це».

Двоє кур'єрів приносять великий, накритий пакунок.

Ще до того, як вони його розгортають, я вже знаю, що це. Дзеркало. «Що воно тут робить? Я вас не просив його приносити.»

«Розпишіться тут.» Чоловік подає Моні ручку. Спочатку вона категорично відмовляється підписувати, але чоловік підвищує голос. Він погрожує підняти галас, тому вона підписує, але тільки після того, як я кажу їй це зробити.

«Ми придумаємо, що з ним робити після того, як ці два придурки - без образ - підуть».

Моні посміхається, і я теж.

Кур'єри відступають.

«І що тепер?» запитує Моні, стоячи якомога далі від дзеркала, не виходячи за двері.

Я почуваюся в безпеці на ліжку, загорнувшись у ковдру. Звідси я можу з усіх сил намагатися не помічати слона в кімнаті. Що він тут робить і хто його прислав?

***

Дзвонить телефон Моні, змушуючи нас обох підстрибнути. Вона зайнята тим, що відсуває дзеркало вбік біля вікна.

«Я зараз повернуся», - каже вона.

Дорогою, щоб привітатися зі мною, новий доглядач бачить дзеркало і відкриває його. «Яке гарне дзеркало», - каже він. «Рама і дерево, зокрема, просто приголомшливі». Він проводить пальцями по гравірованих, з'єднаних руках і каже: «Японське, чи не так?»

«Я не знаю, але воно було в моїй родині протягом десятиліть».

Обслуговуючий розміщує дзеркало так, щоб його було видно в моєму периферійному полі зору. Частина дзеркала повернута до мене, а частина - до вікна.

Він дивиться на його задню частину. «Я вже бачив щось подібне. Якщо ви коли-небудь захочете її продати, будь ласка, зателефонуйте сюди і запитайте мене або залиште повідомлення.

Мене звати Деніел Чанг». Він дає мені свою візитку.

«Дякую», - кажу я, коли Моні повертається до кімнати.

«Усе гаразд?» - запитує вона, дивлячись у дзеркало і бачачи, як доглядач пестить його.

«Так, - відповідаю я. - Даніель казав мені, що дзеркало японське. Він сказав, що бачив щось подібне раніше. І він був би зацікавлений купити його. Тобто, якщо я коли-небудь захочу з ним розлучитися».

Моні блідне.

Даніель перевіряє мій пульс. Переконується, що все гаразд, і запитує, чи не потрібно мені чогось.

«Який дивний хлопець», - каже Моні.

У мене відходять води.

***

Все відбувається надто швидко. Монітори божеволіють. Починаються перейми. Шейка матки розширена і я готова тужитися. Серцебиття дитини падає, як і тиск. Мене вивозять в операційну і починають готувати до екстреного кесаревого розтину. Я так хотіла б, щоб Дерріл був тут зі мною.

Усе залежить від рук лікаря. Вони дають мені наркоз і починають рятувати мого сина.

Я втрачаю свідомість, нічого не бачу і не відчуваю. Я дивлюся, як пересувається персонал лікарні. Я слухаю апарати. Я сподіваюся і молюся, що з моїм сином все буде добре.

Його піднімають, щоб я могла його побачити.

Він не плаче.

Він синій.

Я кричу.

Хтось встромляє мені в руку голку.

Я заснула, знаючи, що мій син мертвий.

***

Я прокидаюся і згадую.

«Хочете його потримати?» - запитує медсестра.

Я киваю.

Вона виходить з палати.

Я встаю з ліжка.

Син приходить у скляному футлярі, загорнутий у зелену ковдру. На ньому в'язана шапочка в тон.

Вона передає його мені. Сльози котяться по моїх щоках, коли я цілую його прохолодне чоло і бачу наше відображення в дзеркалі через всю кімнату.

Я йду до нього.

Я все ще мама. Тримаю сина на руках.

Цілую кожну його повіку.

Земля під моїми ногами починає трястися, сонце виливає світло в кімнату, в дзеркало і в мого сина.

Його повіки розплющуються. Він бачить мене. Впізнає мене.

А потім його немає.

Я спотикаюся, тримаючи в руках легкість ніщо.

Там, у дзеркалі, Дерріл тримає нашого сина.

«Я люблю тебе», - каже Дерріл, цілуючи його в чоло.

«Я теж тебе люблю», - кажу я, коли наш син починає плакати.

Дзеркало починає обертатися спочатку повільно, потім набирає обертів. Воно б'ється і скрегоче, крутиться так, ніби збирається злетіти.

Загіпнотизована, я не можу відвести погляд.

Рука Дерріла тягнеться до дзеркала, і я беру її.

І ми разом назавжди, Дерріл, наша дитина і я.

СМЕРТЬ БАЖАННЯ

Йому було важко думати про щось інше.

Він жив в ідеальний час. Час, коли в Інтернеті можна було знайти все, що завгодно.

Відео та фотографії. Все, що йому потрібно було про це знати. Навіть те, що лякало його до смерті! І він міг робити це на роботі чи вдома.

Все, що йому потрібно було зробити, це тримати кілька вкладок відкритими, і коли йому потрібно, перемикатися між ними. Це було схоже на шпигунську гру в кішки-мишки, про яку знав лише він один.

Він проводив кожну годину неспання - або стільки, скільки міг - у дослідженнях. Розставляючи і переставляючи шматочки пазлу. Підготовка була ключовим моментом. Зібрати все докупи, поки він не буде готовий. Тоді це буде легко, і з усіма фактами на столі він виключить можливість невдачі.

«Поразка - це не варіант», - сказав він собі, дивуючись, хто сказав це першим. З цікавості він погуглив. Він знайшов книгу з такою ж назвою, яку приписують Джину Кранцу, керівнику польотів у Центрі управління польотами НАСА.

Проблема з дослідженнями в Інтернеті - відволікання. Так легко зійти зі шляху. У темну діру. Якби він не стежив за цим, час би пролетів непомітно, і незабаром він був би занадто старий, щоб займатися цим.

А потім були перерви. Життя мало свої втручання, як хороші, так і погані. Треба було змиритися з цим - ти можеш жити, роблячи те, що любиш, або те, що ненавидиш, але так чи інакше, час вислизає від тебе, і ти нічого не можеш зробити, щоб контролювати його.

Все, що можна було зробити, це зачинити двері і сподіватися та бажати, щоб світ пішов геть. Іноді, це було не дуже гарне почуття для тих людей у вашому житті, яких ви любили, наприклад, для вашої дружини. Або собака.

Іноді йому здавалося, що він повинен впасти і зізнатися в усьому дружині. Кинутися до її ніг. Але потім він думав про те, як би він почувався, якби його таємниця не була лише його таємницею. Як йому доведеться відповідати на запитання, і як його рішення будуть відкриті для обговорення. Кожну його частинку розірвали б на шматки, як різдвяний хлопавку.

Ні, вирішив він. Таємниця була єдиним виходом. Крім того, вона буде хвилюватися. І вона може втягнути в це інших людей, наприклад, його батьків, або її батьків, або їхніх друзів. Тоді кіт буде випущений з мішка.

Йому стало цікаво, звідки взялася ця фраза. Він задався пошуком і посміявся над дебатами в Інтернеті, особливо над німецьким і голландським порівнянням «кота в мішку». Він прокрутив сторінку вниз, бажаючи знайти ім'я автора, але здався, коли його дружина «хе-хе» за спиною. Він перемкнув екран на щось нейтральне.

«Ще кілька хвилин», - сказав він.

Вона зачинила за собою двері.

Кожного разу, коли вона просовувала голову в двері... Навіть після того, як вона пішла... Він відчував себе так, ніби йому знову сім років, і його руку спіймали на банці з печивом.

Клятий католицизм, думав він.

Він відчував себе винним у всьому.

Він же не дрочив чи щось таке.

Він працював.

Здебільшого, працював.

Правда, йому не платили, але це все одно була робота. У неї була мета. Він пошукав слово «робота». Одне з визначень було: «форма тортур».

Він розсміявся.

Він намагався зосередитися, але не міг, бо відчував себе до біса винним. Ніби його дружина постійно була на ньому. Сварила його - чого вона не робила. Його розум кричав: «Хіба я не маю значення?» Він затулив вуха і зіщулився. Одна думка про те, що вона викриває його, що її слова ріжуть його, як масло, змушувала його кусати себе за палець...

«Ви кусаєте свій палець на нас, сер?» - запитав він у порожній кімнаті.

«Ти щось сказав?» - запитала його дружина через зачинені двері.

«Ні», - відповів він. А потім собі під ніс: «Я не кусаю великий палець на вас».

Це були єдині рядки з Шекспіра, які він пам'ятав. Як і Шекспір, він був трохи королевою драми.

Він повернувся до роботи, відчуваючи провину за те, що збрехав Джейн.

Не те, щоб він дивився порно чи щось подібне. Деякі з його товаришів мали свої гріховні онлайн-задоволення, але це не було його справою. Коли вони хвалилися своїми перемогами, йому хотілося зникнути. Один з його одружених друзів зареєструвався на кількох таких сайтах знайомств. Вони надсилали йому фотографії зі своїх телефонів, але він навіть не зустрічався з ними особисто. А ще були залежні від онлайн-порно. Вони говорили про це, навіть хвалилися.

Йому стало погано від цього. Йому стало соромно бути чоловіком.

З іншого боку, багато дружин після прочитання цієї сексуальної книжки, яка була в топі продажів, купували рожеві наручники з оборками. Його дружина теж намагалася її прочитати, але, будучи вчителькою англійської мови, вона не змогла пройти повз поганий стиль написання. Подруги дружини продовжували вмовляти її спробувати. Вони казали їй не звертати уваги на стиль написання, але вчителька не дозволяла їй цього зробити.

І знову він дозволив своєму розуму відволіктися. Він шукав назву сексуальної книги і знайшов на YouTube недоречну ляльку, яка читала кілька розділів. Він увімкнув навушники, слухав і сміявся, незважаючи на себе. Хтось доклав чимало зусиль, щоб зібрати її разом.

Але це було не більше, ніж відволікання. Йому потрібно було повернутися до безпосереднього завдання. Він ненавидів себе, коли не міг зосередитися, але так легко відволікався.

Саме тоді його собака Бадді загавкав, і він подивився на годинник. Бадді був надворі вже майже тридцять хвилин.

Відчуваючи провину, він підхопився і зробив кілька кроків до дверей, не змінюючи екран. Бадді знову загавкав, і він повернувся, щоб закрити свій ноутбук. Краще перестрахуватися, ніж потім шкодувати, подумав він, виходячи з кімнати і йдучи коридором.

«Занадто мало, занадто пізно», - сказав Джейн зі сміхом у його бік, коли Бадді, підстрибуючи, попрямував до нього.

«Вибач, - сказав він, - я тільки що його почув».

«Не хвилюйся, - сказала вона, - я була ближче». Потім вона повернулася до читання і перевірки робіт своїх учнів.

Вони з Бадді повернулися коридором до його кабінету. «Вибач, Баде», - сказав він, коли пес сів на підлогу і почав лизати його обличчя. «Ти сумував за мною, Бадді?» - перепитав він, коли Бадді загавкав, що так.

«Мені краще повернутися до роботи, Баде», - покірно сказав він.

Він повернувся до свого кабінету. Сів, сповнений рішучості зосередитися.

Нахилився ближче до екрану, весь час зважуючи всі «за» і «проти». Він нічого не записував і не робив жодних нотаток. Якби він це зробив, то хтось міг би їх знайти і прочитати. Тоді йому довелося б усе пояснювати, а це була б не та розмова, в якій він хотів би брати участь, ні зараз, ні коли-небудь.

«Хочеш чашечку чаю?» покликала Джейн з кухні.

«Ні, дякую», - відповів він.

Відволікання і ще більше відволікань. П'ять простих слів на кшталт «Хочеш чашечку чаю» могли закрутити його мозок по спіралі. Він починав думати про те, про се і про те, і про те, як все це пов'язано. Наступне, що він усвідомлював, - він був маленьким хлопчиком, який гойдався на гойдалці на задньому дворі своїх батьків. Потім він побачив себе гойдаючим на дереві в парку. Він був би надто виснажений, щоб проводити якісь дослідження. Не фізично виснажений, розумієте, а морально.

Однак сьогодні був переважно його день. Була неділя, і Джейн провела б більшу частину дня, маркуючи папери, а потім готуючи вечерю. Звісно, вона очікувала, що в якийсь момент він вийде зі своєї «печери». Так вона називала його кабінет. Пряме посилання на книгу, яку вона бачила в шоу Опери. Дружина подарувала йому примірник, сподіваючись, що це виведе його з його чоловічої печери. Він не міг пригадати, з якої нагоди, але з того, що він намагався прочитати, здавалося, що це нісенітниця.

Джейн знову постукала.

У нього було достатньо часу, щоб знову перейти на сайт своєї компанії, перш ніж вона обійняла його за шию і поцілувала в маківку.

Він мимоволі згорбив плечі. Ховаючи свою роботу, він уявляв, що вона зацікавлена в тому, що він бачить на екрані.

Вона була зацікавлена, бо коментувала Фейсбук, який був відкритий в іншому вікні. Він відчував себе таким дурнем, що марнує час у неділю вдень, дивлячись на Фейсбук. Або, інакше кажучи, він відчував себе дурнем, коли Джейн подумала, що в неділю вдень він волів би проводити час у Фейсбуці, замість того, щоб проводити час з нею. Це було зовсім не так, і він хотів, щоб вона була впевнена в цьому.

Але в той же час він подумав, що, можливо, що б вона не думала в цей момент, це спірне питання.

Він недбало прокрутив свою робочу електронну пошту, вдаючи, що дуже зайнятий, коли з'явилося вікно оновлення статусу. Він швидко закрив його, бажаючи, щоб Джейн пішла геть.

«Ти будеш готовий піти найближчим часом, любий?» запитала Джейн.

«Звичайно, дай мені п'ять хвилин», - відповів він, а коли вона наблизилася до дверей, - "а може, десять?".

«Гаразд, десять, але тобі дійсно потрібно подихати свіжим повітрям сьогодні. І мені теж. До того ж, я підготую роль Бадді, і він теж може піти з нами».

«Чудова ідея», - сказав він, добре знаючи, що Бадді з нетерпінням чекає на прогулянку більше, ніж він сам.

***

Досить сказати, що їхня прогулянка на свіжому повітрі тривала недовго. Вона привела до торгового центру. Натовпи людей. Робітники. Марнотрати часу. Геморой наступного тижня. Він посміхнувся, але не відчував потреби ділитися своїм жартом з Джейн.

Джейн запропонувала відкласти все, і він дозволив їй це зробити.

Він хотів і потребував потрапити всередину свого лігва і закрити двері. Опинившись всередині, він став схожим на черепаху, обмотавши голову сорочкою. Він сидів так, шукаючи розради і тиші, поки не заспокоївся настільки, що зміг знову почати свої дослідження.

Коли він підняв голову, то почув, як Джейн готує вечерю. Вона наспівувала разом зі старим радіоканалом. Він уявив собі Джейн біля плити, де сидів Бадді і терпляче чекав, коли йому запропонують спробувати один-два шматочки.

Це був Бад-мейстер для тебе. Він завжди чекав, і з цими ланьми очима, що дивилися на тебе, ти мусив йому щось кинути. Він так сумував за тим псом.

Він тріснув кісточками пальців кілька разів, як професійний піаніст. Потім провів пальцями по клавіатурі. Пошук в Гуглі.

Те, що з'явилося, було абсолютно відмінним від усього, що він коли-небудь бачив раніше!

Це було в Інтернеті. Там були реальні відео, де люди це робили. Роблять це! Переглядаючи перше відео, він відчув себе майже так, ніби він сам був людиною з цього відео. Його серце калатало, як і пульс. Він не міг повірити, що перегляд відео може викликати таку реакцію.

Хтось повинен поскаржитися на це, подумав він, а потім, я повинен поскаржитися на це. Але він не збирався цього робити. Він подивився ще одне, і ще, і ще. Щоразу він відчував, що сам є об'єктом зацікавленості. Щоразу його серце мало не вискакувало з грудей.

Він вимкнув його. Це було вже занадто. Занадто, занадто багато!

Він продовжував прокручувати в голові те, що бачив знову і знову. Він не міг від цього втекти. І чим більше він думав про це, тим більше йому ставало страшно. Чим більше він божеволів, тим більше його мужність слабшала, аж поки він не почав сумніватися, чи зможе пройти через це.

Все це було в його очах. У панічних очах жертв!

Він розглядав їхні вирази облич. Вирішив, що вони виглядали так, тому що вони, на відміну від нього, не провели жодних досліджень заздалегідь.

Він подумав, що вони, мабуть, просто вирішили і пішли на це. Цю ідею він не міг збагнути.

Це було надто ризиковано, а що, як вони передумають?

Що, як він передумає в останню хвилину?

Він не хотів, щоб це сталося з ним.

Він, безумовно, відрізнявся від них.

Можливо, він був надто обережним.

Можливо, він був занадто тупим і занадто нудним, щоб мати можливість змінити своє життя - щоб мати можливість контролювати своє життя. А все через те, що він так довго перебував у владі корпоративної бігової доріжки. Він і всі інші хом'яки. Вперед і назад, вперед і назад, без жодного результату.

Він ненавидів своє життя. Так, він любив Джейн, і він любив Бадді, але життя - це більше, ніж просто робота і ліжко.

Так, кохатися було приємно, і обійматися було приємно. Друзі, сім'я і вся ця емоційна нісенітниця - все це було приємно. Але життя повинно було запропонувати більше. Просто мусило! І він збирався простягнути руку і схопити обручку, поки не стало занадто пізно.

Тому що він знав, що якщо він не зробить щось, що зробить його існування на цій планеті чимось значущим якнайшвидше, то його може взагалі не бути на цьому світі.

Він закрив ноутбук, опустив голову і заснув.

***

Уві сні у нього не було ніг. Він був лише головою і тулубом, сидів за столом і друкував на комп'ютері. Спеціального стільця у нього теж не було. Уві сні він сидів на тому ж стільці, що й завжди, з валиками на ніжках. Коли він друкував, вібрація його пальців, що рухалися по клавіатурі, змушувала його тулуб зміщуватися і погойдуватися. Оскільки стілець не мав підлокітників, його тулуб нахилявся в бік руки, якою він друкував. Це було дивно, але він не боявся впасти набік. Він почувався безстрашним і, як не дивно, натхненним.

Потім десь на задньому плані почала дуже голосно грати пісня. Це був Моцарт або Бетховен, або хтось із класичних композиторів. Щось у його голові змусило його захотіти постукати пальцем ноги - але у нього не було пальців на ногах. Він прокинувся і закричав.

Джейн і Бадді прибігли, відчинивши двері. «У тебе відбиток яблука на щоці», - сказала Джейн, коли побачила, що з ним усе гаразд.

«Вибач», - відповів він.

«Вечеря майже готова», - повідомила вона йому.

«Добре», - відповів він.

Вона зробила рух, щоб зачинити за собою двері, але він сказав, що можна залишити їх відчиненими. На її обличчі з'явився допитливий вираз, але вона більше нічого не сказала.

Приєднавшись до неї на кухні, він підійшов до холодильника за пивом. Вони повечеряли в приємній, але не балакучій обстановці. Вони кохали одне одного, але іноді кохання було недостатньо.

Недостатньо, коли Джейн дізналася, що не може мати сім'ю, про яку мріяла. Вона проходила тест за тестом, і, здавалося, все було добре. А потім і він пройшов обстеження, і їхні надії та мрії розбилися вщент. Йому не вистачало здорових плавців. Саме тоді будь-яка надія на створення сім'ї померла.

Спочатку вона поставилася до цього милостиво. Вона ніби відчула полегшення, бо проблема була його, а не її, і це було добре, але це якось змушувало його відчувати себе меншим чоловіком. Він ніколи не говорив з нею про це. І взагалі ні з ким про це не говорив.

Після першого шоку вони розглядали інші варіанти, такі як усиновлення, ЕКЗ або сурогатне материнство. Жоден з цих варіантів його не приваблював. У глибині душі він відчував, що Джейн заслуговує на когось кращого за нього. Того, хто міг би дати їй все, що вона хотіла.

Це було приблизно в той час, коли вони з Джейн їхали звідкись додому і помітили притулок для тварин. Безпритульних собак і котів. Раніше пара не розглядала можливість завести домашнього улюбленця.

«Ми могли б подивитися, - запропонувала Джейн.

«Думаю, це не зашкодить», - погодився він.

Як тільки вони зайшли до притулку, гавкіт і нявкання вразили їх до глибини душі. Два какаду приєдналися до балаканини.

Джейн відчув клаустрофобію, і йому захотілося вибратися назовні.

Джейн почала розмовляти з одним з какаду, і, схоже, їм сподобався тон її голосу. Вона подивилася на нього з виразом надії.

«Я не згоден з тим, що птахів тримають у клітках», - сказав він.

«Хм», - сказала вона, рухаючись до котів. «Їх так багато, - зауважила Джейн. «Важко буде вибрати».

«Я б віддав перевагу собаці», - сказав він.

«Хм», - повторила вона.

Згодом їхні блукання притулком привели їх до Бадді. Тоді його звали не Бадді.

Працівники притулку назвали його Бастером, і він був у притулку трохи більше місяця. Це був великий клубок шерсті, з лапами, занадто великими для його тіла. Він незграбно прокладав собі шлях до них. Спотикаючись і падаючи. Поки вигульниця безуспішно намагалася втримати його на прив'язі. Але Бастер немовби не мав жодних перешкод.

Він попрямував прямо до них. Він розпластався на землі біля їхніх ніг. Собака дивився прямо в очі, і не було жодних сумнівів, що того дня Бастера всиновлять.

«Можна мені змінити його ім'я на Бадді?» - запитав він.

«Не знаю, приміряй», - запропонував вигульщик собак.

«Ходи сюди, Бадді», - сказав він. «Ходи сюди, хлопче».

Вуха Бадді відстовбурчилися, і він стрибнув йому на руки. Того дня вони стали сім'єю з трьох осіб, і відтоді їхнє життя оберталося навколо Бадді.

Його очі досі наповнюються сльозами щоразу, коли він згадує той момент. Він сумуватиме за Бадді, і він сумуватиме за Джейн, але вони це переживуть. З часом вони підуть далі, і стануть кращими.

Принаймні так він себе переконував.

Увечері вони лягли спати одночасно. Вона читала книгу, і він намагався читати, але ніщо не могло втримати його увагу. Тож він просто думав і дивився, думав і дивився. А коли Джейн заговорила з ним про книгу, яку читала, він кивав головою, але насправді не слухав. Вона й не чекала, що він буде слухати. Бадді спав у кінці ліжка і хропів задовго до них.

Коли вона засинала, він вставав і йшов. Він не дозволяв Бадді йти з ним, бо його лапи, що тупотіли по коридору, розбудили б Джейн. У якийсь момент вночі він вирішив, що діяв необачно. Він сказав собі, що просто повинен протриматися ще один тиждень на роботі, а потім все владнається само собою.

Він тягнув час, він знав це, але нічого не змінилося.

Це було неминуче.

***

Проте настав ранок понеділка, і спрацював будильник.

Він вигуляв Бадді і з'їв кілька тостів з маслом. Випив чашку кави і поцілував Джейн на прощання, перш ніж їхати в офіс. Він просидів у заторі двадцять хвилин. Він слухав новини та балачки, поки йому не захотілося тиші. Він глибоко вдихав, коли машини кожні кілька секунд проносилися вперед.

«Чому я щодня стою в заторі, щоб дістатися до ненависної роботи?» - запитав він себе вголос.

«Чому я такий скиглій?» - відповів він іншим запитанням.

Тому що тобі потрібно щось робити, - сказав голос у його голові. Тобі потрібно запустити своє серце. Ти повинен бути безстрашним. Тобі потрібно попісяти або встати з горщика!

Легше сказати, ніж зробити, подумав він. Легше сказати, ніж зробити.

В офісі він привітався з секретаркою, яка сказала, що бос чекає всередині.

«У нас була запланована зустріч?» - запитав він, прокручуючи розклад на телефоні.

«Ні», - підтвердила вона.

Коли він увійшов до кабінету, то відчув, як на лобі виступила крапля поту. Його бос підвівся, і вони обмінялися привітаннями та потиснули один одному руки так, ніби зустрілися вперше.

Дивно, подумав він, адже я працюю тут уже сім років.

«Сідай», - сказав його бос. Це прозвучало як прямий наказ, і він сів, хоча був у власному кабінеті. На власній території.

«Що я можу для вас зробити, сер?» - запитав він.

«Мені стало відомо, що останнім часом ви проводите досить багато часу - ні, я буду з вами відвертим - досить багато часу в Google. Ви не привели жодного нового клієнта. Відверто кажучи, я - ми, як фірма, яку ви знаєте, хвилюємося, тому що ви не справляєтеся зі своїми обов'язками. Тягнеш свій вантаж.»

Він завагався на кілька секунд. Його рот відкрився, але потім він закрив його, нічого не сказавши.

«Що ти можеш сказати на свій захист?» - запитав його бос. »Є якісь пояснення?»

«Я-ні», - заїкнувся він. «Я просто...»

«Викладай, хлопче», - сказав чоловік-бос. «Має бути якесь пояснення!»

Він лише похитав головою.

«Можливо, у вас сімейні проблеми?»

«Ні.»

«Алкоголь? Наркотики? Смерть у родині? Розлучення?»

Він заперечливо похитав головою. Якби ж то була правда!

«Ну ж бо, чоловіче», - сказав його бос, розлютившись. «Дай мені щось, з чим можна працювати. Хоч що-небудь!»

«Я-я був під великим стресом. Під сильним тиском.»

«Так, тепер ти маєш це, хлопче. Я знаю, що застав тебе зненацька, несподівано прийшовши до твого кабінету, але тепер ти починаєш розуміти, що до чого, мій хлопче. Розкажи мені більше. Чим ми можемо тобі допомогти? Я маю на увазі себе і партнерів».

«Я не знаю, - відповів він. «Думаю, буде краще, якщо ви мене звільните».

«Так, так, а хто говорив про звільнення? Ми ще до цього не дійшли. У вас за плечима сім років - сім хороших років роботи тут. Ну, давайте будемо реалістами - скоріше шість з половиною, але ви цінний член нашої команди. Ми хочемо допомогти, якщо ти нам дозволиш. Як ми можемо допомогти, мій хлопчику?»

«Якщо ви не хочете мене звільняти, чи не могли б ви дати мені відпустку? Може, на місяць? Неоплачувану. Я не проти. І-»

«Без оплати, кажете. Що ж, немає потреби йти без зарплати. Я сьогодні ж оформлю документи. Назвемо це відпусткою через стрес. Місяць, повністю оплачена. Візьми дружину і Бадді і поїдьте кудись у відпустку. Розслабтеся.» Він підвівся, перехилився через стіл, і вони знову потиснули один одному руки.

«Дякую, сер», - сказав він. «Дуже дякую. Дуже дякую.»

«Гізер дасть вам папери на підпис до кінця дня. Попрацюй сьогодні, закінчи все, що зможеш, а решту делегуй комусь іншому. Я розішлю службову записку по всій компанії, в якій буде сказано, що ти береш місячну відпустку, але ми, звісно, не скажемо, чому». Він торкнувся свого носа, ніби підтверджуючи їхню спільну таємницю. «Це залишиться між нами».

Він підвівся і провів свого боса до дверей. Бос поплескав його по спині.

«Бережи себе і не хвилюйся про те, що тут відбувається. Ми будемо тримати оборону, поки ти не повернешся».

«Ще раз дякую, сер», - сказав він, і йому навіть вдалося на мить посміхнутися.

Потім він сів за комп'ютер і знову повернувся до своїх досліджень. Наприкінці дня всі зібралися навколо нього. Він сподівався, що вони не купили йому подарунків чи ще чогось. Не купили.

Це були гарні проводи. Він спакував усі свої особисті речі в сумку і відчув велике полегшення, коли повернувся в машину.

Як завжди, він приїхав додому раніше Джейн. Він взяв Бадді на коротку прогулянку навколо кварталу, а потім повернувся до комп'ютера. Він переглянув свій заповіт і вирішив внести до нього деякі зміни.

Джейн все ще залишалася єдиним благодійником. Він вирішив залишити дещо притулку для тварин, де вони знайшли Бадді. Це була непогана сума - на ці гроші можна було б допомогти багатьом безпритульним тваринам, і, крім того, його життя мало б якийсь сенс.

«Ходи сюди, Баде, - сказав він. «Тепер ти маєш доглядати за Джейн, гаразд? Я розраховую на тебе».

Бадді підскочив і поклав лапи йому на плечі. Вони обнялися. Він витер сльозу з очей.

Разом вони пішли на кухню. Він наповнив миску з їжею для Бадді, а потім набрав прохолодної води з-під крана і наповнив свою миску з водою.

Бадді рушив прямо до їжі, але він спіймав його для ще одних обіймів. Він стримав ридання, коли пішов у спальню і почав збирати нічний мішок. Він поклав туди лише найнеобхідніші речі, залишив паспорт на столі, а потім сів писати Джейн записку.

Він прочитав її:

«Дорога Джейн, я люблю тебе понад усе на світі, але я думаю, що тобі буде краще без мене. Будь ласка, подбай про Бадді заради мене. Вибач, що так сталося, але я присягнувся, що ти будеш щасливою, і це єдиний спосіб.

Цілую нескінченно.

Твій люблячий чоловік.

Поки він їхав по шосе Принцеси, він думав про те, про що шкодував найбільше. Він не пішов за своїми мріями. Він не дозволив Джейн здійснити її мрію. У перші дні вони були силою, з якою треба було рахуватися. Але тепер все було інакше. Вона хотіла подорожувати, літати, злітати і ділити пригоди разом, але він завжди відмовлявся.

Він шкодував про страх. Він ненавидів себе за цей страх.

Через нього він відчував себе меншим чоловіком. А потім, коли йому не вистачило плавців - що ж, це стало останньою краплею, яка переповнила чашу терпіння верблюда.

Тоді він почав ставити під сумнів усе. Для чого він був поміщений на землю? Яке його призначення?

Як він може все змінити?

Він згадав сьогоднішній ранок, коли востаннє поцілував Джейн. Звичайно, вона цього не знала, але він знав. Навіть якби йому не дали місяць відпустки, він не збирався повертатися завтра ні за чим. Ні, у нього були інші плани. Інші місця. Інші справи.

Вперше за дуже довгий час у нього з'явилася мета.

Тоді йому довелося зупинити машину, з'їхати на узбіччя. Він ледве встиг вийти з машини. Його руки тремтіли, коли його вирвало. Нерви. Страх. Злість. Приниження. Усе це вирувало в його організмі, виводячи його з рівноваги.

Коли він заліз назад в Лексус, його телефон почав дзвонити. Це була Джейн. Він натиснув кнопку, щоб припинити дзвінок, і відправив дзвінок прямо на голосову пошту. Він побачив, як за мить на екрані з'явилося повідомлення. Він натиснув кнопку, щоб прослухати.

«Я щойно повернувся додому і знайшов твою записку - я не розумію. Ми з Бадді не розуміємо». Як по команді, Бадді загавкав. «Приїжджай додому, добре? Приїжджай додому, і ми поговоримо про це. Поговоримо.» Вона шморгнула носом. «Ти тут? Ти мене чуєш? Слухай!» Голос Джейн затих на кілька секунд. Повідомлення вийшло з тайм-ауту. Вона передзвонила знову. «Я знаю, що ти, чорт забирай, слухаєш, ти, ти, я люблю тебе. Відповідай!»

Він поклав слухавку, вимкнув телефон і поклав його в бардачок. Вони знайдуть його там - згодом.

Коли він від'їхав від бордюру, колеса його машини заскреготіли. Він увімкнув двигун, витиснув ногу в підлогу і помчав геть.

Він їхав майже всю ніч. Він відчував себе трохи параноїком, що Джейн може залучити поліцію, але нічого не сталося. Він сподівався, що вона не дуже на нього розсердиться.

Шляху назад не було.

До того ж, він не хотів цього.

Зрештою, він зробив усе, що хотів - усе, що міг.

***

Стоячи на вершині гори, його коліна нестримно тремтіли. Він зіштовхнув кілька каменів з краю і дивився, як вони падають донизу. Він слухав, як вони падали вниз, клацаючи і розбиваючись об каміння. Нарешті він почув лише слабкий сплеск, а потім настала тиша.

Це був дивовижний краєвид - Блакитні гори - і тепер все, що він читав про них, набуло досконалого сенсу. Коли ти стоїш на цьому місці, ти відчуваєш себе маленьким, але частиною чогось більшого, ніж ти сам. Ти відчував себе єдиним цілим із всесвітом і чомусь не боявся.

Саме тоді група галасливих какаду дала йому знати про свою присутність. Їхні гучні, пронизливі крики змусили його закрити вуха.

«Ти не повинен цього робити, - сказав він собі. Ти не повинен нічого нікому доводити. Ти можеш розвернутися і повернутися додому, до Джейн і Бадді, і ніхто від цього не стане мудрішим. Джейн зрозуміє, якщо ти просто поясниш, що сталося в офісі. Вона повністю зрозуміє і підтримає.

Він ще якусь мить думав про це, дивлячись на хмари, що прокладали собі шлях по небу.

Правда полягала в тому, що він не міг жити з собою. З постійним страхом. Він не міг відкласти все в сторону і повернутися додому, вдаючи, що нічого не сталося. Якщо він зараз здасться і повернеться до життя, яким воно було, то не зможе дивитися на себе в дзеркало. Він більше не був би чоловіком, не зовсім. Він був би ніким. Його життя нічого б не значило.

«Або зараз, або ніколи», - сказав він.

І коли цей момент настав, він більше не думав про це.

Він був повністю відданий справі, вперше в житті.

Він наблизився до краю і просто дозволив своєму тілу впасти вперед, починаючи з голови. Це було легко, через крутий спуск. Незабаром його плечі, тулуб і ноги попливли вниз в ідеальній синхронності.

Він закричав. Він нічого не міг з собою вдіяти. Він міцно заплющив очі, зосередившись на тому, що вітер кидав і тряс його, як маріонетку.

Він змусив себе розплющити очі, і йому здалося, що він летить.

Він відчував себе невагомим, і здавалося, що йому судилося бути саме таким - парити. Він сміявся, коли опускався на дно, як камінь.

Все закінчилося за кілька хвилин.

«Охрініти!» - вигукнув він, висячи вниз головою на кінці тарзанки.

«Знову! Знову!» - кричав він, коли його затягували назад.

ДО ПОБАЧЕННЯ

«Розкажи мені історію про те, як ти вперше зустріла тата», - попросила моя семирічна донька, хоча вона чула цю історію багато-багато разів.

«Ти впевнена, люба?» запитав я, добре знаючи, що вона відповість.

«Будь ласка!» - сказала вона, дивлячись на мене своїми великими блакитними очима, які вона успадкувала від тата.

«Довгу чи скорочену версію?» запитав я, відсуваючи пасмо волосся з її очей.

«Довгу!» - відповіла вона, аплодуючи так, ніби ніколи не лягала спати.

«Шшш», - сказав я. «Хм, і де ж це все почалося?»

«До побачення, татко сказав», - воркувала моя донька.

«Так, люба», - відповів я, опустивши ту частину, де її тато штовхає мене до дверей машини.

Я схопила сумочку, просунула руку через ремінець і, навалившись на дверцята так, ніби я була лайнбекером, штовхнула їх. З'їхавши з правої туфлі на високих підборах, я не одразу зрозуміла, що ми зупинилися біля калюжі глибиною по щиколотку. Перш ніж мій мозок встиг зафіксувати це, щоб уникнути того, щоб моя ліва нога не наступила в неї, вона вже наступила. Але я все одно виходила, виходила, незважаючи на те, якої шкоди це завдало моїм улюбленим туфлям.

«О, - сказала я, вже повністю вийшовши з машини, спиною до водія.

«Тоді ти наступила в калюжу!» - завищала моя дочка.

«Так, і твій тато пирхнув, коли від'їжджав, вивернувши задне колесо, внаслідок чого вміст калюжі бризнув на мене. Я відмахнулася від брудної холодної смердючої води, змахнувши її, перш ніж вона осіла на моїй сукні. Іншою рукою я підняла середній палець у бік автомобіля, що від'їжджав».

Я зупинила себе, забувши вирізати цей шматок.

«Навіщо ти це зробила?» - запитала моя донька.

«Неважливо», - продовжила я, якраз вчасно, щоб побачити, як моя сумочка підстрибує поряд з автомобілем. А-а-а! Ця чорна сумочка подарувала мені десять років щастя, бо пасувала до всього і до кожної ситуації. Подвійного призначення, її можна було носити як через плече, так і через плече і на грудях. У ній були вбудовані відділення для всього, включаючи мій телефон».

«О ні, твій телефон!» - вигукнула вона.

«Так», - відповів я, посміхаючись. «Як же мені було вибратися з цієї халепи? Що ще важливіше, вам цікаво, як я взагалі дійшов до такого стану. І я відповім на це за хвилину, але спочатку я повинен оцінити свою ситуацію. Підвести підсумки і взяти все під контроль. По-перше, я вилив воду з черевиків, коли зійшов з дороги по росяній траві на тротуар. Я знову взув мокрі черевики, які надавали перевагу мокрому, а не моторошним нічним плазунам, що могли причаїтися, і попрямував до найближчого вуличного ліхтаря.

«Поклавши руки на стегна в позі Диво-жінки, я взялася за розробку плану, як виплутатися з халепи, в яку потрапила».

«Це був гарний район, - каже вона.

«З доглянутими газонами, жодного бур'яну, жодного автомобіля в полі зору - всі вони були надійно заховані у своїх подвійних або потрійних гаражах. Гарні будинки, гарні люди. Чи не так? Тож я вирішив без зволікань вибрати будинок, постукати у вхідні двері і попросити про допомогу. Вибрав будинок під щасливим номером сім і попрямував до нього. Дорогою.

«Ти жаліла себе, мамо.»

«Так, звичайно. Я не заслуговувала на те, щоб застрягти посеред незнайомої території, пізно вночі, мокра, смердюча і без копійки в кишені. Коли я наблизився до обранця під номером сім, повітря наповнилося дзижчанням, а потім свистом автоматичного розбризкувача, що прокладав собі шлях. Спочатку я не побігла, бо була вже мокрою, але коли потік води з криком обрушився на мене, я кинулася навтьоки.

Тепер моє обличчя було мокре від сліз, яких я не плакала, коли перебігала галявину будинку, який, як я сподівалася, мене врятує. Номер сім.»

«Мамо, ти ніколи не повинна розмовляти з незнайомцями», - сказала моя дочка.

«Це правда, люба, але я була в біді, мокра і без телефону. У тебе завжди є телефон, і в ньому записані номери тата, бабусі й тітки Ліл».

«І я знаю твій номер, номери тата і бабусі в моїй голові.»

«Правильно, крихітко. Отже, повернемося до історії. Ти ще не втомилася?»

«Ні, я все ще чекаю на найкращу частину!»

Я продовжив: «Тепер, коли я тут, мені стало цікаво, котра година. І мені стало цікаво, чи є хтось вдома. І я подумав, що якщо вони вдома, то допоможуть мені. Я був мокрий, брудний і не мав жодних документів. Моя впевненість зменшувалася з кожною хвилиною, коли я повернулася, притулившись до дверного дзвінка, який резонував від верху до низу будинку, коли світло мерехтіло і вимикалося. І я побігла. Назад до місця, де мене висадили. Знайома територія, так би мовити. Я йшов до магазину на розі, де був телефон, яким мені дозволили б користуватися, і я міг би покликати на допомогу і відправити їм гроші за дзвінок. Так, саме так я і збирався зробити, поки поруч зі мною не під'їхала машина, а в ній я впізнав знайоме обличчя. Я була справді врятована!»

«Це була тітка Ліл!» - воркувала моя донька і, звичайно, вона була права.

***

«Їдучи в машині з Ліл, я згадала про своє нерозділене кохання до Джаспера Вінтерса. Я спостерігала за ним здалеку, за його світлим хвилястим волоссям, блакитними очима, носом, всипаним веснянками. Він був такий милий, такий турботливий. Він постійно зустрічався то з однією, то з іншою дівчиною, і мої друзі казали, що моя одержимість ним наближається до стадії переслідування. Саме тому я погодилася піти проти того, що завжди відмовлялася робити - піти на побачення з незнайомцем наосліп. Так, це було з тим самим хлопцем, який зараз тримає в заручниках мою сумочку. Його звати Адам Трент».

«Мій татко!» - воркувала вона. «Це найкраща частина».

Я посміхнулася.

«Це була наша перша зустріч, раніше сьогодні на фуд-корті в торговому центрі. Ми домовилися про місце зустрічі, і воно було в людному місці. Десь, де ми могли б поспілкуватися з великою кількістю людей навколо нас. Така обстановка могла б зняти напругу. Зробити проміжки, коли нам не було на що дивитися, менш відчутними. Чи є взагалі таке слово - «щілина»? Не знаю, але суть ви зрозуміли. Через нашого спільного друга ми домовилися, що це можливість для нас познайомитися ближче. Якщо між нами виникав зв'язок, ми заздалегідь домовлялися про наступну зустріч, яка включала б у себе або кіно, або вечерю. Наступний крок тільки тоді, коли ми обидва відчували зв'язок. В іншому випадку, ми обидва погоджувалися, що це була аста ла віста, крихітко!

Адіос і прощавай! Якби я знав тоді те, що знаю зараз! Тоді б я не опинився в такому становищі. Але, як то кажуть, заднім числом це 20/20. Коли я вперше побачила його навпроти фудкорту, він був не з тих, хто виділяється в натовпі. Мені одразу сподобалося те, що він зливався з натовпом, як і я, і коли я вимовила його ім'я, Адам Трент, воно йому підійшло, і я одразу ж розслабилася».

«Кохання з першого погляду», - вигукнула моя донька.

«Так воно і було», - відповіла я. «Після того, як ми познайомилися, штовхнулися ліктями, оскільки ми обидва були в обов'язкових масках, він запитав, що я хочу випити, і пішов за кавою. Він правильно зрозумів моє замовлення, вершки і один шматочок цукру, що показало мені, що він добре вміє слухати, і я відчула надію. Поки ми сиділи і потягували каву, ми розмовляли з відчуттям знайомства, як більше ніж знайомі, ближче до друзів. Він засміявся, не надто голосно. Я ненавиділа людей, які сміялися дуже голосно, привертаючи до себе увагу. Адам не був таким. Він був уважним, добрим, розуміючим і розмовляти з ним було нормально. Або я б сказала, що це була нова норма, оскільки ми вільно спілкувалися в захисних масках. Проте, думаю, я не помилюся, якщо скажу, що якби хтось спостерігав за нами, йому було б зрозуміло, що ми почувалися комфортно в компанії один одного. Ми досить легко переходили від однієї теми до іншої, і незабаром він сказав мені, що восени вступатиме до університету. Я досить незграбно повідомив йому, що беру річну перерву. Я не сказав йому конкретики, що мені потрібно заробити грошей, перш ніж я зможу повернутися. Це було занадто багато інформації, і це не те, що йому потрібно було знати про мене. Я також не сказала йому, що виграла стипендію на вивчення класичної англійської літератури».

«Я сподіваюся спеціалізуватися на літературі двадцятого століття», - розповів він.

«Ого!» вигукнула я. - Я хочу вивчати класичну англійську літературу!»

«З такою спільною любов'ю до літератури ми легко знайдемо спільну мову, чи не так? У нас був би місток з однієї країни літератури в іншу. Він відкрив би для себе моїх улюблених авторів, а я - його, і ми жили б довго і щасливо. Так думала одна частина мене. Іншою частиною я слухав, як він співав дифірамби своєму улюбленому письменнику - Курту Воннеґуту, якому поклонявся як Богу. Він продовжував вихваляти і звеличувати все, що стосується його вибору для найбільшого роману всіх часів і народів - «Бойня №5»».

«Аж поки не зайшов надто далеко», - дорікнула моя донька.

«Так, занадто далеко. Насправді, так далеко, що у мене не було іншого вибору, окрім як захищати справжніх майстрів, таких як Шекспір, Діккенс і Твен, чиї твори витримали випробування часом. Після того, як його обличчя набуло нормального кольору, він вкинув у розмову кілька воннегутівських висловів, як-от: «Тільки в книжках ми дізнаємося, що відбувається насправді».

«Це була битва книг!» - сказала моя дочка.

«Так, і наша перша суперечка. Я сказала: «До речі, про констатацію очевидного!», а потім відповіла словами Марка Твена: «Краще тримати рот на замку, щоб люди вважали тебе дурнем, ніж відкрити його і розвіяти всі сумніви». Я десь читав, що Твен був одним з улюблених авторів Воннегута. У всякому разі, це була одна хороша річ про нього.

«Він встав, простягнув руку через стіл і поцілував мене довго і міцно, маску за маскою. Прямо там, посеред фудкорту. Це було у відповідь на те, що я схопила його за руку, коли він сказав, що Воннегут - це Шекспір нашого часу. Він сказав це з таким переконанням, від серця і душі, що майже змусив мене повірити, що це правда».

«Ти їх цілував! Фу!» - сказала вона, закриваючи обличчя.

«Поцілунок, хоч і був різким і несподіваним, був гарячим, навіть незважаючи на те, що між нами були маски. Ми не помітили, як на нас витріщилися інші відвідувачі фудкорту - ми дозволили цьому тривати надто довго. Після того, як ми розійшлися, ми знову сіли і розсміялися. Одразу ж вирішили сходити в кіно в торговому центрі. Дорогою до кінотеатру цей зв'язок слабшав. Якби нам подобалися ті самі фільми, ми могли б його розпалити? Тоді не все буде втрачено? Ми поговорили про фільми, які йому подобаються, і погодилися, що останній фільм Тома Круза підійде нам обом - але він уже почався, тож нічого не вийшло. Ні про який інший фільм ми не могли домовитися.

«Давай просто перекусимо», - запропонував він.

«На той час була вже майже десята - я теж зголодніла. Ми пили лише каву, але це було давно, і ми вже давно відчували запах попкорну».

«Я не проти», - сказав я.

«У торговому центрі чи на вулиці?» - запитав він.

«Я сказала, що нам треба подихати свіжим повітрям, і ми вийшли з торгового центру на багаторівневий паркінг. Ми блукали понад тридцять хвилин, поки він не сказав мені, що не може згадати, де він припаркувався.

«Тоді ти роззувся».

Воннегут сказав: «Ми є тим, за кого себе видаємо, тому ми повинні бути обережними з тим, за кого себе видаємо». Він зробив паузу. «Ви не дуже схожі на жінку, чи не так?»

«А ви чоловік?» запитала я, цитуючи «Леді Макбет». Мені одразу ж стало неприємно через цю цитату, і я швидко змінила тему: «А як щодо картки? Ну, знаєте, де ви платите? Хіба там не вказано, на якому рівні ти припаркувався?»

«Я знаю, що припаркувався на ЦЬОМУ рівні», - відповів він, продовжуючи натискати кнопку на брелоку і прислухаючись до відповіді, наче пташка, що кличе свого товариша. Коли автомобіль і брелок нарешті знайшли один одного, було вже близько 23-ї години вечора.

«Тепер у машині, з драбинками, що піднімаються вгору по обох моїх ногах, і чорними підошвами, я глибоко вдихнув і спробував розслабитися. Їжа, безумовно, допоможе з моїм настроєм і, сподіваюся, з його теж. Для нас ще не було занадто пізно почати все спочатку. Ми так добре ладнали до літературної сутички. Ремені безпеки пристебнуті, він натиснув ногою на підлогу, і ми рушили, об'їхали парковку і виїхали на вулицю. Ми їхали досить довго, слухаючи кантрі-музику. Він підспівував, а я боролася з бажанням сказати: «Йіппі-кі-ей!».

«Тож, яку їжу ти любиш?» «запитав він після того, як ми прослухали останню пропозицію по радіо щодо спільного приготування тако.

«Я вже не голодний», - відповів я, думаючи, що він, враховуючи своєчасність пропозиції, хоче відвести мене до тако. Я ненавидів тако. Як їжа тако, з м'ясом і всякою всячиною, що падає звідусіль, могла відповідати його критеріям леді? Я не хотіла цього знати. Здебільшого зі злості я сказала: «Шекспір - король літератури, а Воннегут у порівнянні з ним - просто блазень».

«Тоді тато натиснув на гальма.»

«Ми були єдиною машиною в передмісті - в глушині, і це історія про те, як ми з твоїм татом вперше зустрілися», - сказала я, стоячи і вкладаючи доньку в ліжечко. Вона потягнулася, позіхнула і за мить вже міцно спала. Я зачинила за собою двері і пішла до нашої кімнати.

ТІЛЬКИ ДВАДЦЯТЬ

Коли померла тітка Джин, на похорон запросили лише двадцять гостей за межами нашої сімейної бульбашки. Ця кількість була обмежена через пандемію. Соціальне дистанціювання та маски були обов'язковими протягом усього дня. Це включало в себе службу в похоронному бюро, поховання і трапезу.

Оскільки тітка Джин знала, що наближається до кінця свого життя, вона особисто відібрала двадцять гостей, перш ніж покинути цей божевільний світ.

За сімейною традицією вона хотіла, щоб труна була відкритою. Але з новим проханням. Вона хотіла, щоб на ній була маска. Тітка Джин завжди мала дивне почуття гумору.

«Як, в біса, я маю виголосити належну прощальну промову? На яку заслуговує моя сестра... коли на мені одна з цих дурних масок!?» - запитав молодший брат Джин, Марвін.

Навпроти Марвіна сидів його троюрідний брат Френк. Він затягнувся сигаретою, глибоко замислившись, перш ніж відповісти.

«У них буде мікрофон, і цього буде достатньо».

вигукнула улюблена племінниця тітки Джин, Мері, яка була на кухні і готувала чай.

«Він буде регулюватися, мікрофон, я маю на увазі під твій зріст. Тож ти зможеш переконатися, що твій рот закритий», - вона витерла руки об фартух і, втомившись від крику, увійшла до вітальні. Вона зупинилася на півслові, зрозумівши, що забула принести чай, і швидко ретирувалася. Повернулася з перевантаженою тацею, яка торохтіла з кожним кроком.

Френк і Марвін все ще дивилися в її бік з широко розкритими ротами, чекаючи, коли вона закінчить речення.

«Розташований прямо перед ним», - сказала вона так, ніби між першим і останнім словом не минуло жодного часу. Тепер, коли вона це сказала, вона усвідомила, що від самої ваги таці в неї тремтять руки. Вона нахилилася і обережно поставила її на скляний стіл. «Дякую за допомогу», - додала вона тоном, в якому відчувався сарказм, присідаючи навпочіпки, щоб приготуватися наливати.

Марвін і Френк і пальцем не поворухнули. Для них обох це було нормально. Жінка робила жіночі справи, а чоловік - чоловічі.

Вона наповнила каструлю, потім відкрила нову пачку шоколадного печива, яку приберегла для компанії. Вони з тіткою Джин завжди тримали коробку з улюбленим печивом у шафі, але ніколи до нього не торкалися. Обидві знали, що якщо відкриють коробку, то з'їдять усе печиво між собою, тож виходили лише тоді, коли хтось приходив у гості.

Молода жінка і тітка Джин завжди були бешкетницями і змовницями. Пам'ятаючи, що тітка була прихильницею презентабельності, вона розсипала печиво по тарілці. Їй стало цікаво, чи не спостерігає тітка Джин за ними згори. Вона зітхнула, навіть зараз відчуваючи, що якоїсь частини її не вистачає.

Марвін не був повністю задіяний. Замість цього він дивився у вікно, обмірковуючи, чи не одягнути йому маску. Френк затягувався новою сигаретою, яку запалив одразу після того, як догоріла попередня.

Марвін, нарешті помітивши шедевр своєї племінниці, запитав: «Що ти там робиш?»

«Готую чай з печивом», - відповіла Мері, помішуючи чайник, потім закрила кришку і змахнула нею, щоб прискорити процес.

«Тоді візьми стілець, абощо. Не сиди тут навпочіпки, як...»

«Сквотер», - сказав Френк, сміючись зі свого жарту, бо більше ніхто не сміявся.

«Неважливо, вже все готово», - сказала Мері. Вона наповнила порожні чашки золотистою паруючою рідиною. Потім додала трохи молока і цукру, скільки зазвичай просять.

Сама вона не їла цукру. «Хочеш шоколадне печиво? Тітка Джин їх дуже любила.»

«Було б до біса соромно зіпсувати твій вигадливий дизайн», - сказав Марвін, простягаючи руку і роблячи саме це.

«Не для мене», - сказав Френк. «Печиво і сигарети не підійдуть».

Мері спочатку подала чашку чаю Марвіну, оскільки він був найстаршим. Потім вона поставила чашку Френка на підставку біля його стільця, оскільки та була зайнята. Тобто, запалила ще одну сигарету. Вона скривилася, коли він поклав недопалок старої на тонке порцелянове блюдце тітки Джин.

«Дякую», - воркнули обидва.

Мері поправила дизайн печива, подивилася вгору. Потім обережно зняла по одному з кожного кінця і перетнула кімнату, намагаючись не розлити переповнену чашку, коли йшла до двомісного дивану. Вона уникала сідати на нього тепер, коли поруч не сиділа тітка Джин. Якась частина її відчувала, що без Джин баланс всесвіту порушився.

До того, як дні тітки Джин були злічені, вони з Мері майже щовечора вечеряли на тацях перед телевізором, сидячи на двомісному дивані і дивлячись «Вулицю Коронації». Відтоді Мері записувала цю програму, чекаючи, коли дух Джин дістанеться туди, де вона йшла, щоб вони могли дивитися її разом, як вони завжди робили.

Це було до того, як до них переїхали дядько Марвін і кузен Френк. До того, як пандемія зробила відстані великими, родичам потрібно було десь жити. Тепер вони утворили власну соціальну бульбашку, тобто їм не потрібно було носити маски, перебуваючи поруч один з одним. Але вже за кілька годин їм доведеться вдягати страшні маски на похоронну службу - ніхто не хотів бути зараженим чи зараженою людиною.

«Що я хотіла б знати, так це чому Джин буде в масці. Це по-перше, - сказав Марвін. «По-друге, чому вона запросила саме цих родичів. Адже деякі з них не спілкувалися з нею або з кимось із нас більше двадцяти років. Бог свідок, Джин намагалася зберегти сім'ю разом у часи, коли триматися разом було просто необхідно».

«Маски є обов'язковими для всіх, а Джин хотіла бути всеохоплюючою. І так, тітка Джин завжди була тією, хто думав про всіх найкраще», - каже Мері.

«Навіть коли це не було виправдано», - сказав Френк, запалюючи ще одну сигарету, а потім додав: "Це блюдце стає досить повним".

Мері поставила чашку чаю на стіл, схопила блюдце і викинула його у відро для сміття на кухні. Вона знайшла надщерблену тарілку в глибині шафи - тітка Джин не дозволяла курити в будинку, тому не було попільничок - і поставила її на стіл поруч з чашкою і тарілкою Френка. Френк кивнув.

«Хтось із вас хоче налити собі ще, оскільки я вже встала?» - запитала вона.

Марвін теж простягнув свою порожню чашку. «І ще одне печиво було б дуже доречним».

Мері взяла два печива, по одному з кожного кінця малюнка, і чайною ложкою поклала їх на блюдце, а потім налила чай, цукор і молоко. «Дякую», - сказав Марвін, дмухнувши на чай, перш ніж зробити ковток.

Френк відмовився від чаю, махнувши рукою. «Ніхто з нас не зв'язувався з тими неплатниками, бо ми їх терпіти не могли. І Джин теж - принаймні, я так думав».

Марвін вмочив печиво в чай, і воно розсипалося і зламалося. Він дістав його чайною ложкою, всмоктуючи мокре печиво, перш ніж воно розчинилося в нікуди.

«Це печиво не рекомендується вмочати», - сказала Мері, посміхаючись.

«І це вона мені каже», - сказав Марвін.

«Хочеш, я принесу тобі ще одну чашку з блюдцем?»

«Ні, залишайся на місці. Ти бігаєш навколо і обслуговуєш нас так, ніби ти наш найманий персонал. Я обійдуся, але дякую, що запитала».

Мері посміхнулася і відкусила шматочок печива. Вона смакувала його, поки шоколад танув на язиці.

Трійця сиділа мовчки, перебираючи чашки, печиво та сигарети, аж поки Мері не порушила мовчанку.

«Тітка Джин відчувала докори сумління через те, що втратила зв'язок з людьми. Це лежало важким тягарем на її серці, і хоча двадцять гостей - навіть коли вона зв'язувалася з ними - не відповідали на її дзвінки або листи, вона ніколи не списувала їх з рахунків. Насправді, вона молилася за них щовечора перед сном».

Її брат був зачарований і збентежений. «Джин, вона молилася за двоюрідного дядька Дейва, який практично вбив її, коли вона залишалася з ними в дитинстві на літніх канікулах? Для неї це величезна провина, яку потрібно пробачити. Напевно, вона стала м'якою на старості років».

Мері стояла, спершись руками на стегна: «Тітка Джин була різною, але вона не була м'якою. Вона б надерла їм дупи, якби вони з'явилися на порозі без попередження до того, як вона захворіла - ти ж знаєш, вона ненавиділа, коли люди приходили без запрошення, - але вона хотіла налагодити стосунки, пробачити і забути». Її слова застрягли в горлі, як і останнє печиво, яке вона щойно з'їла.

Френк підвівся, перетнув кімнату і сильно ляснув її по спині. Частково з'їдене печиво полетіло через усю кімнату і з хлюпотом приземлилося в чашку з чаєм Марвіна.

«Хіба ти не знаєш, що треба жувати, перш ніж ковтати?» сказав Марвін, з огидою повертаючи чай на тацю.

«Мені дуже шкода», - сказала Мері, збираючи речі і несучи їх на кухню.

***

Мері сполоснула чашки і поклала все в посудомийну машину, а потім пішла нагору, щоб скористатися зручностями і привести до ладу своє обличчя. Вона плакала і не хотіла, щоб хтось знав про це. Спускаючись сходами, вона почула підвищені голоси. Вона швидко спустилася вниз.

«Я любив свою сестру більше за всіх на світі!» сказав Марвін. «Але я не розумію, чому те, що вона попросила мене виголосити прощальну промову, повинно стати для тебе проблемою!»

«Ну-ну, - сказала Мері.

«Я б просто зробив це краще», - сказав Френк. «Мене вже просили раніше, і я був би менш емоційним, менш осудливим».

«Чому ти!» сказав Марвін, піднявши свої стиснуті кулаки в повітря і розмахуючи ними, ніби зображуючи боксера з минулих часів.

Френк перетнув кімнату, також з піднятими кулаками. Це було схоже на геріатричну кавказьку версію бою Алі проти Формана.

Вони стояли п'ядь до п'яді, очі в очі, поки Мері не почала мугикати улюблену пісеньку тітки Джин: «Тихіше, крихітко, не кажи ні слова, татко купить тобі пересмішника».

Очі Марвіна наповнилися сльозами, він опустив кулаки, а потім опустився на стілець.

Френк застиг, промовляючи слова до кінця пісні, поки Мері наспівувала їх. Коли вона закінчила співати, він перейшов через кімнату, де до нього посміхалася фотографія тітки Джин у рамці. Він теж розплакався.

«Ну все, все, - сказала Мері. «Вже майже час іти, а ми тут сперечаємося».

«Вона має рацію, - сказав Френк. «Крім того, нам знадобиться єдиний фронт, коли з'являться ці нікчемні канюки».

«Це якщо вони нас не заразять - ми ж посеред пандемії, хіба вони не знають?»

«Постачальники їжі візьмуть це до уваги. Поки ми будемо в похоронному бюро та на цвинтарі, тут все облаштують відповідно до правил соціального дистанціювання, щоб убезпечити всіх».

«Але цим невігласам все одно доведеться зняти маски, щоб заковтнути їжу і випити спиртне - а останнього нам знадобиться багато».

«Як не соромно, - відповіла Мері. «Про все це вже подбала і заплатила тітка Джин». З огидою і знущанням вона пішла до своєї кімнати, щоб переодягнутися у вибране нею чорне вбрання. Чоловіки вже були у своїх чорних костюмах і готові до роботи.

«Гадаю, вони будуть користуватися пластиковими ножами, виделками і паперовими тарілками, - сказав Френк. «І вони розставлять по всьому будинку і саду пляшки з дезінфікуючим засобом для рук. Наші родичі повинні будуть зайти всередину, щоб скористатися зручностями, але більшість процедур відбуватиметься на вулиці, в саду».

«Шкода, що Джин позбувся зовнішнього туалету», - сказав Марвін.

Мері зателефонувала згори: «Я забула сказати, що вони намалюють позначки на траві та/або встановлять знаки, де люди повинні стояти. А що стосується туалетів, то ми найняли один з тих портативних туалетів. Оскільки їх лише двадцять, а нас троє, місця вистачить усім, і черги не будуть такими довгими».

«Ти дійсно все продумав!» вигукнув Марвін. «Ми втрьох можемо прокрастися назад і скористатися внутрішнім туалетом на к.т.».

Мері з'явилася нагорі сходів, готова йти. «Дякую. У мене було достатньо часу, щоб все обдумати, і я хотіла, щоб все було саме так, як хотіла тітонька Джин. Ми з нею обговорили все, до найменших дрібниць. Вона хотіла зняти з мене тягар, намагаючись зробити все сама, поки я оплакував її втрату».

Марвін погладив волосся на підборідді. «Якби не ця клята пандемія, вона б хотіла більшого. Вона б попросила про звичайне спалення сараю - або про поминки, щоб відсвяткувати її життя. Це те, на що вона заслуговує!»

Френк сказав: «Вона це отримає - і ми влаштуємо їй найкраще в житті - після того, як пандемія закінчиться. Ми запросимо інших родичів - тих, які нам подобаються - і, можливо, навіть кількох місцевих знаменитостей. Всі любили Джин. Ми проведемо її в останню путь, на яку вона заслуговує! Але поки що ми повинні зробити все, що в наших силах».

Мері пройшлася кімнатою, хотіла сісти, але сукня пом'ялася, тож вона повернулася на кухню, щоб скласти паперові серветки. Вона запропонувала зробити якомога більше до приїзду постачальників, знаючи, що їй потрібно буде чимось себе зайняти. Вона думала про все, що тітка Джин просила зробити в цей день. Вона хотіла, щоб Марвін виголосив для неї тост, після того, як усі приступлять до їжі.

Вона навіть написала, які страви хотіла б, щоб їй подали, і вибрала постачальника, який би їх приготував. Так, тітка Джин продумала все. Підвищені голоси у вітальні повернули її назад.

«Джин сказала, що я отримаю левову частку бізнесу, тому вона призначила мене виконавцем свого заповіту, - розповідає Марвін.

«Вона сказала, що я можу залишити будинок», - сказала Мері. «Це і мій дім теж - я прожила тут з тіткою Джин більшу частину свого життя».

«Ніхто з цим не сперечається», - сказав Френк. «Ти кинула все, щоб бути тут і допомагати тітці Джин, коли ніхто інший не міг. Ти міг би одружитися, мати кількох дітей... але ти обрав сім'ю, а не себе. Це найменше, що вона могла зробити, - залишити тобі будинок».

Марвін кивнув. Вперше вони в чомусь погодилися.

«Я сказав Джин, що мені від неї нічого не потрібно, - сказав Френк.

«Будемо сподіватися, що вона тебе проігнорувала», - сказав Марвін зі сміхом, бачачи, що обидва нарешті в доброму гуморі,

Мері повернулася на кухню, щоб закінчити складання серветок перед тим, як вони мали їхати до похоронного бюро.

Хоча серветки були зроблені з паперу, вони були делікатними і м'якими. Небесно-блакитний колір з рожевою лінією в лівому кутку теж був вибором тітки Джин. Коли Мері продовжувала складати серветки, це стало автоматичним, тож вона дивилася на сад і дозволяла пальцям робити роботу.

Її погляд ковзнув по щойно висаджених квітах під велетенським дубом. Дихання дитини і троянд вже закінчувалося, але їхні кольори все ще були яскравими, і вони рухалися, наче старі друзі, що танцюють під подихом вітру.

Складаючи останню серветку, вона правою рукою погладила живіт. Вона робила це час від часу, хоча вже багато років не була з дитиною. Туга не зникала. Тітка Джин ніколи не розповідала про це жодній живій душі. Марія теж - навіть батькові.

І там, похована під цими квітами, в тіні цього масивного дуба, знайшла вічний спочинок її дитина. Її донечка не прожила на цьому світі більше кількох хвилин.

Незабаром приїдуть родичі, і всі вони зберуться в будинку, який тепер належав їй, щоб відсвяткувати життя тітки Джин.

Тоді Мері, як і інші, одягне маску і зачиниться в тому самому місці під деревом, де ніколи не почуватиметься самотньою. У тому місці, де, як вона знала, тітка Джин буде стояти поруч з нею, тримаючи на руках дівчинку Мері.

Трійця - тітка Джин, Мері та немовля - будуть мовчазними свідками, поки решта членів сім'ї розриватимуть одне одного на шматки.

ПАНДЕМІЧНИЙ ХЛОПЧИК

«Дивіться, ось він знову йде - це Хлопчик-Пандемія», - кричав високий і довгов'язий десятирічний світловолосий хлопчик.

Його друг не був ані високим, ані довгим, ані блондином - він був рудим, який розсміявся, перш ніж вставити свої п'ять копійок. «Де твій плащ, хлопче? Хіба ти не знаєш, що ВСІ супергерої мають плащі?»

Хлопчик, якого вони прозвали Хлопчик-Пандемія, був молодший за двох інших, але за маскою він був безстрашним.

«Я не Людина-павук», - відповів він з посмішкою.

Хоча він був молодший і менший на зріст, не в дюймах, а в футах, тримаючи руки на стегнах, більше схожий на Супермена, він запитав: «А де ВАШІ маски?»

Це було не перше протистояння так званого Хлопчика-Пандемії під час пандемії. Раніше він використовував стійку Супермена зі схрещеними руками, щоб отримати контроль над ситуацією. Здавалося, це добре працювало і з дітьми, і з дорослими. Крім того, допомагало усвідомлення того, що закон на його боці.

«Ми не послідовники», - сказав світловолосий хлопчик, прикриваючи очі від сонця лівою рукою, а потім повернувся спиною до дитини так, що вони з другом опинилися обличчям до обличчя. Він промовив: «Давай знімемо з нього маску».

Рудий хлопчик замислився, вдавлюючи носок кросівка в землю, думаючи, що вони вже переважають Хлопчика-Пандемію вдвічі. До того ж, він був маленькою дитиною - хоча й мав великий рот і ніби напрошувався на це. Але він не був хуліганом і не хотів ним бути. Він зосередився, описуючи коло в грязюці перед собою, а потім поплескав по кишені джинсів. «Мій ось тут».

«Доведи», - зажадав Хлопчик-Пандемія.

Білявий хлопець глянув через плече на меншого хлопця і швидко розвернувся. Зі стиснутими кулаками він наблизився до молодшого. Постукавши пальцем по обличчю дитини в масці, він сказав: «Ким ти себе вважаєш, малий?». Кожне слово вимагало окремого постукування по підборіддю Хлопчика-Пандемії в масці, і через різницю у зрості та масі молодшому хлопчикові довелося міцно притиснути ноги до землі.

Рудий хлопчик сказав: «Я одягну маску».

Так званий Хлопчик-Пандемія промовчав, але кивнув на знак схвалення, а його друг, світловолосий хлопчик, озирнувшись через плече, кинув на нього недобрим поглядом.

Усі троє стояли на своєму.

***

Іноді час зупиняється. Ніби всі птахи забувають летіти, а годинники - цокати. Це був не один з таких днів, і чим далі, тим більше дітей виходило звідусіль, щоб подивитися, що відбувається. Вони зібралися навколо, розмовляли, перешіптувалися, намагаючись зрозуміти, що могло статися, що змусило трьох хлопчиків так довго стояти нерухомо.

«Я дивився у вікно своєї спальні, - сказав один хлопчик, - і побачив, як маленькому хлопчикові в масці погрожував блондин, який був набагато вищим і старшим за нього. Потім я побачив, що їх було двоє, і мені довелося вибігти, особливо коли великий хлопчик підійшов і штовхнув маленького в груди», - сказав він, торкаючись власної маски, як дорослий торкається бороди.

«Я бігла туди, - сказала маленька дівчинка, - і бачила все це. Хлопчик у масці сам напрошувався - підходив до тих двох більших, старших хлопців. Я здивована, що вони його не побили». Потім вона звернулася до так званого Хлопчика-Пандемії: «Ей, хлопче, чому б тобі не втекти, поки можеш? Поки ті двоє старших хлопців не вибили з тебе все лайно?»

Трійця в центрі натовпу залишалася нерухомою, як статуї. Вони слухали коментарі інших дітей, які формували натовп, а вони - ні. На цьому етапі ніхто не знав напевно.

Час минав, і діти в масках стали на бік так званого Хлопчика-Пандемії, а діти без масок - на бік двох інших. Натовп дітей змістився, розділився на дві частини, так що вони утворили дві різні сторони. Всі були готові діяти - якщо і коли почнеться бійка.

Минали години, але ніхто не рухався. Навіть коли батьки почали кликати дітей додому на вечерю. Ані коли батьки, бабусі, дідусі та брати і сестри почали кликати дітей спати. Навіть коли сонце змінилося місяцем і зорями.

***

Нарешті Хлопчик-Пандемія сказав: «Я йду додому». А до більшого білявого хлопчика, який все ще не спав, він сказав: «Наступного разу, коли я тебе побачу, не забудь прихопити маску, добре? Це пандемія, чувак, і...»

«Гаразд, гаразд», - сказав більший хлопець, відступаючи назад. «І наступного разу, коли я тебе побачу, переконайся, що ти вдягнеш плащ». Він посміхнувся.

«Якого кольору бажаєш?» - з посмішкою запитав молодший хлопчик.

Його друг, рудий хлопчик, який зараз був у масці, відповів: «Це залежить від того, чи ти фанат Бетмена, Робіна чи Супермена. Я? Я б одягнув чорне».

«Те саме», - відповів молодший хлопець.

Вони всі розійшлися по домівках.

ВІДВІДУВАЧІ

«Зачекайте хвилинку», - сказала вона, перш ніж відчинити вхідні двері.

Вона була всередині майже тридцять днів - на карантині. Вийти, просто вийти на вулицю, здавалося ризикованим, хоча вона сиділа на карантині лише для того, щоб захистити тих, кого любила, і тих, кого вона навіть не знала. Вона поправила маску, зробила глибокий вдих і відчинила двері.

Там на неї вже чекав вітальний комітет, і вона відчула себе так само, як, напевно, почувалася королева Єлизавета, коли вийшла на балкон Букінгемського палацу. Хоча її маленька, але затишна оселя з двома спальнями не мала блиску і гламуру палацу. Секунду чи дві вона думала про те, щоб помахати їм королівською рукою, але врешті передумала, коли вони почали аплодувати.

Збентежена, незважаючи на те, що маска закривала більшу частину її обличчя, вона підняла очі туди, де високо в небі стояло сонце, і відчула тепло його променів. Їй було приємно вдихати нове, свіже повітря - хоча маска не давала їй змоги глибоко вдихнути. В голові почала грати пісня Джона Денвера. Вона безтурботно наспівувала.

Аплодисменти закінчилися, а вона й не помітила цього. І ось вона стояла, як кіт у мішку, а всі навколо чекали, що вона скаже чи зробить. Безліч наповнених слізьми очей, кожен з яких дивився на неї поверх власних масок. Не було двох однакових масок. Вона сканувала гостей, зосереджуючись на очах, власників яких, як їй здавалося, вона впізнавала. В голові вона грала в гру «Хто є хто під якою маскою».

В одній людині в натовпі не було жодних сумнівів щодо того, хто вона, завдяки її розмірам і статурі. Це була її онука Емілі. Зелені очі, такі ж, як у неї, виділялися, коли вони дивилися на неї з-під фіолетової маски. Улюблений колір Емілі часто змінювався, але вона була рада бачити, що за останні тридцять днів він не змінився. Щоправда, вона стала вищою. Емілі помахала рукою і сказала: «Привіт, бабусю-мама».

«Привіт, моя люба Емілі», - відповіла жінка, посміхаючись губами під маскою і очима поверх неї.

Жінка завагалася, потім обвела поглядом аудиторію зліва направо, киваючи, впізнаючи кожного з присутніх.

Першим був Брендон. Він був великим фанатом хокею, і на його масці був кленовий листок Торонто. «Вперед, «Кленові листки»!» - сказав він. Вона підняла догори великий палець. Принаймні хтось ще мав надію, що вони знову виграють Кубок Стенлі.

Поруч із Брендоном стояла мати його дружини Емілі. На її масці був напис «Я люблю Джеймі Олівера». Вона посміхнулася, подумавши, що її інтерес до Олівера може допомогти їй колись приготувати пристойний ростбіф. Вона спіймала себе на цій стервозній думці і засоромившись, пішла далі.

Наступним був містер Боб Муді. Це був сусід, старий буркотливий пердун, про якого вона не мала жодного уявлення, чому він відчув потребу приєднатися до нас у масці будівельника. Він помахав їй рукою, що здалося їй дивним, але вона з ввічливості помахала у відповідь.

Їй набридло з'ясовувати, хто є хто, а решта перетворилася на розмиту пляму, поки вона чекала, що хтось щось зробить або дасть їй зрозуміти, чого від неї очікують. Чи варто їй виголосити промову? Ні, це було б нерозумно. Це був лише тридцятиденний карантин. Вона не могла їх обійняти. Або наблизитися до них ближче, ніж вона вже була.

У неї було жахливе відчуття, що хтось хоче, щоб вона виголосила промову, і вона задавалася питанням, як вона повинна виголосити її, щоб її почули і зрозуміли крізь товсту бавовняну маску. Потім вона подумала про політиків на телебаченні, наприклад, про прем'єр-міністра. Коли йому доводилося виступати, він завжди знімав маску, говорив свою промову, а потім знову одягав її. Якщо це було достатньо добре для прем'єр-міністра, то це було достатньо добре і для неї. Вона вийняла праве вухо з петлі, а потім перейшла на інший бік.

Гості ахнули, а потім відійшли подалі. Всі, крім її маленької онуки.

«Бабуся любить тебе», - сказала жінка, посилаючи поцілунок у бік маленької Емілі.

«Я теж тебе люблю», - відповіла Емілі, коли її батьки, що стояли поруч, відсунули її назад.

Задоволена тим, що відчула сонце, що вийшла на вулицю, що побачила тих, кого любила, і що поговорила з маленькою Емілі, вона вклонилася, відступила назад і зачинила за собою двері.

Телефон одразу ж почав дзвонити і дзвонити. Вона не відповідала.

ДІМ

Кімната була порожня, за винятком порожніх вбудованих книжкових полиць, що стояли по боках від каміна.

Порожні книжкові полиці завжди викликали у мене почуття меланхолії. Ніби попередній власник забрав із собою всіх своїх друзів і спогади, але забув про конструкції, які їх утримували і демонстрували, поки вони були в будинку. Тому, коли я залишав будинок, з будь-якої причини, я завжди залишав одну зі своїх книг (я купував дві улюблені книги), щоб сподіватися, що хто б не був новий власник, він буде насолоджуватися ним так само, як і я. Для мене це було схоже на знайомство з новим другом. Якщо це звучить надто сентиментально, я не заперечую, бо мій коханий чоловік завжди так говорив про мене.

Коли я перетинала кімнату, поправляючи маску, я помітила щось, притиснуте до стіни, тонке, як вафля. Це був маленький килимок.

«Для чого він там?» запитав я. Хоч він і був пошарпаний і маленький, але перед каміном йому було б краще. Принаймні там ця жалюгідна річ мала б якесь призначення. Я часто так роблю, наділяючи неживі предмети почуттями. У літературному світі це називається персоніфікацією. Я використовую цей прийом так часто, що мій чоловік називає його Меггі-фікація.

Август - це ім'я мого чоловіка. І так, він народився в серпні, Лев, а я Козеріг.

Коли він підійшов до мене, я затремтіла. Я завжди відчувала холод.

Він промовив крізь маску: «Як тут спекотно, кохана. Чому ти тремтиш?» Він розстебнув свій товстий вовняний кардиган, подарунок нашого сина Андрія, і зняв його. Він поклав його мені на плечі, а потім перейшов через кімнату.

Я загорнулася в нього і промовила: «Дякую», йдучи за ним.

Агентка, яка була давнім другом родини, носила маску, що відображала фірму з продажу нерухомості, на яку вона працювала. Вона чутно пересувалася будинком в іншій кімнаті, поки ми самостійно роздивлялися будинок.

Незабаром вона увійшла до кімнати з найближчих до предмета, який я помітила на підлозі, дверей. Ми зустрілися перед ним, ніби вона підслухала моє запитання.

Джуді Марш, так звали нашого агента, який працює вже понад двадцять п'ять років, здавалося, втратила дар мови, що було дуже на неї не схоже. На неї та на всіх інших агентів з нерухомості на планеті.

«Хіба камін не чудовий!» - вигукнула вона.

Я повернувся тілом до тепла, тоді як Август, який часто звинувачував мене в тому, що я читаю забагато романів Агати Крісті, серед іншого, тепер занудьгував і хотів поквапитися з цим, присунувся ближче до дверного отвору.

Джуді сказала: «Я чула питання, яке ви задали кілька хвилин тому. Відверто кажучи, - вона торкнулася свого носа. «Цей будинок має певну історію».

Август, зацікавлений, знову приєднався до нас.

«Що за історія?» запитав я.

Джуді продовжила: «Немає сенсу розповідати казки, якщо тобі тут не подобається. В такому випадку, ми можемо просто перейти до наступного будинку. У мене є ще кілька в черзі. Отже, який вердикт щодо цього будинку?»

Август відповів: «Ми ще не бачили всього будинку, ще рано говорити про це».

Я закінчила його речення, як це зазвичай роблять люди, які вже давно одружені: «І це недобре з твого боку, дозволити нам закохатися в це місце - не кажучи вже про те, що тут все так, - а потім опустити бум».

«Дійсно, опустити штангу», - додав Август.

«Викладай!» зажадала я, коли Август узяв мою руку в свою.

«Ходімо на кухню», - сказала Джуді. «Я поставлю чайник і зроблю нам чашечку чаю. Я припасла в буфеті дещо на зразок чаю «Ерл Грей» і печива для такого випадку. Тоді все стане відомо».

Август, почувши, що пропонується чашка чаю і печиво, пішов за Джуді на кухню, а я, як то кажуть, прикривав тил. Ми пройшли коридором з високими стелями, але досить похмурим через відсутність мансардного вікна - якби ми купили цю квартиру, мансардне вікно зробило б цей коридор більш затишним.

«Дахове вікно - це було б покращенням», - запропонував Август, коли вони з Джуді увійшли до сусідньої кімнати через пару розпашних дверей, як у старому вестерні з Марлоном Брандо. «Це доведеться зняти», - сказав Август, коли двері розчахнулися і вдарили його по спині, перш ніж я встиг підбігти і зупинити їх. Він стояв, тримаючи руки на стегнах, з відкритим ротом, з якого не виходило жодного слова.

Коли я проштовхнувся в кімнату, я зрозумів, чому Август втратив дар мови, тому що, о Боже, який вражаючий вид! Кухня і їдальня були суміжними, у величезному прямокутному просторі відкритого плану, зі скляними вікнами і дверима, що тягнулися від одного кінця до іншого і виходили на один з найпрекрасніших садів, які я коли-небудь бачила. Мені так хотілося, щоб зараз була весна, щоб все навколо було в повному розквіті, але осінь тут теж була прекрасною, з деревами, що спалахували своїми осінніми барвами.

«Деш був би в захваті», - сказав Август. Деш був нашим хлопчиком таксою.

«Звичайно, сподобається», - сказала я, коли Джуді, що стояла позаду нас, гралася в маму, наливаючи гарячу воду в чайник.

Ні я, ні Август не могли відірвати очей від прекрасної природи, що чекала нас за кілька кроків. «Можна відчинити двері?» запитав я.

Джуді кивнула, і Август зробив цю честь. Одразу ж звуки ззовні влилися в кухню, наче музика. Там були цикади, блакитні сойки, горобці, кардинали, деревна жаба... це було блаженно музично - до тих пір, поки через кілька миттєвостей не закричала сусідська газонокосарка.

«Чай готовий», - покликала Джуді.

«Якраз вчасно», - сказав Август, зачиняючи розсувні двері і клацаючи замком. «Привіт, темряво, мій старий друже», - воркував Август. Це була одна з його улюблених пісень - класика з репертуару Саймона і Гарфанкела.

«Тут не темно», - сказав я, коли Джуді налила і подала чай. Чесно кажучи, я не був прихильником вишуканих чаїв на кшталт «Ерл Грей». Я завжди можу випити чашку чаю Тайфу. Я додав дві повні чайні ложки цукру - подвійну норму старого доброго Тайфу, і Август зробив те ж саме. Потягуючи чай, відмовляючись від печива, яке Джуді вибрала - імбирного, - ми чекали, коли вона почне розповідати історію, на яку натякала.

***

«Перш за все, - почала Джуді, - у цьому будинку ніхто не жив уже десятки років».

«Десятки років», - повторив я. - »Як таке може бути?»

Август вихлюпнув залишки чаю. Джуді одразу ж зробила рух, щоб наповнити його чашку, чого він грубо уникнув, затуливши її рукою.

Джуді посміхнулася. «Мабуть, не всім подобається моя улюблена заварка». Вона наповнила свою чашку, а потім продовжила. «Це місце було виставлене на продаж протягом багатьох років. Ми найняли фахівців з постановки вистав з усього штату, сподіваючись, що їхня допомога допоможе продати будинок. Поки що це не спрацювало».

«Це не має сенсу, - сказав Август. «Якби тут були меблі, то відлуння було б не таким сильним». Він підняв свою порожню чашку і зітхнув.

«Може, хочеш пляшку води?» запитала Джуді і, не чекаючи відповіді, підійшла до холодильника, дістала три пляшки і поставила їх перед нами. У мене було відчуття, що це буде довга історія.

Дивний звук, що доносився з саду, одночасно вразив наші вуха. Август відсунув стілець, вдивляючись у сад, який тепер був лише частково освітлений сонцем, що сідало. «Ти щось бачиш?» запитав я.

У Августа був гострий зір, хоча він був старший за мене. «Тссс», - відповів він. Ми чекали, уважно прислухаючись, але звуку знову не було чутно. Август повернувся на своє місце і сів на нього, знизавши плечима.

Джуді сказала: «Буде краще, якщо ти притримаєш свої коментарі та запитання при собі до кінця. Я хочу закінчити якомога швидше».

Август сказав: «Ми старі, і старішаємо з кожною хвилиною. Ми забудемо всі питання, які могли б у нас виникнути, якщо ця казка, яку ти розповідаєш, затягнеться надовго».

Я поплескав Августа по руці. «Якщо у тебе є якісь питання, то введи їх у свій телефон». Я вже давно намагався переконати його використовувати функцію нотаток у своєму телефоні. Я сам використовував її для багатьох речей, включаючи список продуктів. Я пропонував йому використовувати її для тих же цілей. Проте він повертався додому без того, що нам було потрібно, і повертався знову - цього разу з папером у руці.

«Меґі, - сказав він, - ти ж знаєш, що я не люблю залежати від технологій».

«Залежність від дерев, - підтримала його Джуді, - теж не обіцяє нічого доброго в майбутньому».

«Батарейка в аркуші паперу не сідає!» - вигукнув він.

«Але в ручці закінчується чорнило», - сказав я, посміхаючись, потім знову поплескав його по руці і простягнув йому ручку і папір, які я завжди тримав у своїй сумочці на такий випадок.

***

«Я почну з самого початку, - сказала Джуді.

Під столом Август човгав ногами, і я бачила, що він стає дедалі нетерплячішим і думає: «Ну ж бо, жінко, до справи!», бо я теж думала про це.

Нарешті Джуді перейшла до суті. «Коли це місце тільки заселили, тут загинуло троє людей».

Вона чекала на нашу реакцію, але ніхто з нас не відреагував. Ми вже зрозуміли, що сталося щось жахливе - і зробили висновок, що це мало бути пов'язано зі смертями, вбивствами та/або хаосом. Навіть мої артритні кістки відчували, що тут сталося щось жахливе. Я обхопила себе руками, відчуваючи, як мені знову стає холодно. Август зробив те ж саме, але йому було тепліше, ніж мені, оскільки він раніше відновив своє серце.

«Спочатку у 18 столітті тут була побудована церква. Після того, як її зруйнували, а троє людей загинули - залишилися тільки книжкові полиці і камін - всі релігії поклялися ніколи не відбудовувати тут дім Божий. Таким чином, котеджі, будинки, особняки, бунгало, і врешті-решт проект двоповерхового каліфорнійського спліт-бунгало, в якому ми зараз стоїмо, були побудовані відповідно до потреб і вимог власників до відведеного часу, в якому вони проживали. Таким чином, багато парафіян, відвідувачів церкви та сімей зробили це місце своїм місцем поклоніння та/або домівкою.

Почнемо з первісної церкви. В середині 18-го століття на цьому місці виникла громада, одна з перших в Онтаріо, після того, як багато іммігрантів обрали це місце, щоб оселитися і будувати своє нове майбутнє.

Двома такими людьми були Леді та Лорд Чарльстон, які швидко стали лідерами громади і пожертвували кошти на побудову першої церкви без жодного визнання для себе, окрім невеликої бібліотеки в парохії, в якій громада могла б читати та брати книги на релігійні теми. Для того, щоб було комфортно під час навчання чи читання, в центрі двох таких книжкових полиць було б збудовано камін.

Зважаючи на важливість запиту, було проведено багато досліджень щодо того, яка деревина буде найбільш довговічною з часом. Один емігрант з Італії високо оцінив середземноморський кипарис, розповівши, що був свідком того, як вівтар у римській церкві, зроблений з цього дерева, пережив пожежу, яка знищила решту будівлі. Було вирішено послати за деревами, які можна було б виростити на місці, а також замовити доставку достатнього запасу кораблем до Канади. Згодом той самий чоловік розповів про надприродну силу цього дерева з його батьківщини. Через його сильний аромат сім'ї висаджували дерева біля своїх близьких на цвинтарях по всій країні, щоб відлякувати демонів і гарантувати, що душі тих, кого вони любили, перейдуть на інший бік».

Кілька інших парафіян були незадоволені таким богохульством і запропонували використовувати для цієї справи тільки канадські дерева. Лорд і леді Чарльстон відхилили цю пропозицію, і громада чекала на доставку деревини для пасторату, а тим часом будувала церкву і продовжувала зводити школу та інші будівлі. До громади стікалися нові люди, які вирішили оселитися в місці, де надавалися послуги, що дозволило всім швидше освоїтися.

Дерево прибуло, і пасторський будинок було збудовано, але не без труднощів. По-перше, чоловік, який знімав колоду з корабля, був розчавлений, коли кілька колод відірвалися і впали на нього. Після цього було вжито більше заходів обережності, але ті, хто попереджав про богохульство, знаючи про це, перешіптувалися між собою.

Минули роки, і колонію без назви запропонували назвати Новим Чарльстоном, так її і назвали, і протягом багатьох поколінь усім служила громада, а населення зростало не по днях, а по годинах. Лорд і леді Чарльстон померли, але їхні портрети були намальовані і розміщені над каміном у бібліотеці пастора між двома книжковими полицями. Всупереч сильному громадському резонансу, бібліотека отримала назву «Архів леді Чарльстон», оскільки сім'я пожертвувала свою колекцію книг, щоб заповнити полиці».

Я відкрутила кришку пляшки з водою і зробила ковток, а Август поглянув на годинник. Сонце вже сідало, і більша частина заднього двору була в темряві, за винятком єдиного прожектора, який освітлював місяць.

«Саме в цій церкві сталися смерті».

Ми з Августом підійшли ближче, сподіваючись, що вона скоро перейде до суті. Мій шлунок бурчав. Адже вже давно минув обід, і ми з Августом починали розмовляти в дуеті голодних мук.

«Імбирний горішок?» запитала Джуді, розмахуючи ними перед нами. Ми ввічливо відмовилися. «Чому б мені не замовити піцу? Поки її випікають і доставляють, я зможу продовжити свою розповідь».

«Без ананасів», - сказав Август. Піца з ананасами була його справжнім апетитом. «Ананас призначений для перевернутого торта, а не для піци».

«Не можу не погодитися», - сказала Джуді, натискаючи швидкий набір на своєму телефоні.

«Ніяких анчоусів», - сказала я, намагаючись переконати свій буркітливий живіт заспокоїтися.

***

«У 1847 році жінка, незнайомка, прийшла в громаду серед ночі, шукаючи свого чоловіка і маленького сина. Вона стукала в двері, здійнявши справжній галас, оскільки було вже за північ. Члени громади вийшли зі своїх домівок, щоб допомогти їй, і сформували пошукову групу, використовуючи ліхтарі для орієнтування на місцевості. Це була та сама громада, яка об'єднується, щоб допомогти іншим, навіть незнайомим людям. Ніхто не ставив під сумнів її мотиви, історію чи здоровий глузд.

Був жовтень, тож було прохолодно, але ще не випав перший сніг. Вони йшли, шукаючи, доки не зійшло сонце, потім перегрупувалися, щоб поїсти, попити і дізнатися більше від жінки, яка була надто виснажена, щоб піднятися з ними на гору. Коли вона прибула, її швидко розмістили і вклали в ліжко після чашки міцного чаю з краплею віскі, щоб вона проспала всю ніч.

Після додаткового обговорення і підтвердження того, що ніхто не бачив ні голови, ні волосся ні чоловіка, ні дитини, вони разом поїли їжу, надану жіночим товариством при церкві, і обговорили, що робити далі. Це було не так, як сьогодні, коли можна легко роздрукувати плакати і приклеїти їх скрізь, і не було соціальних мереж. Замість цього найняли художника, який намалював сім'ю за описом матері. Жінку звали Реба, її дитину звали Яків, а чоловіка - теж Яків.

Одного вечора, досить пізно, місцевий житель побачив, як жінка Рева увійшла до церкви, тримаючи за руку дитину. Він здивувався, де ж чоловік, але, не замислюючись, пішов спати.

Рева взяла сина до церкви, щоб запалити свічку на вівтарі і подякувати Ісусу за те, що Він повернув їй чоловіка і сина. Двері церкви не були зачинені, бо незабаром до них мав приєднатися Яків-старший. Порив вітру, який був настільки сильним, що роздмухав полум'я і загорівся її рукав, а оскільки вона тримала на руках сина, то загорівся і його одяг. Увійшов Яків-старший і побіг до них, залишивши двері навстіж відчиненими. За ним налетів ще більш розлючений вітер, коли він закривав собою пролом між собою і своїми близькими. Церква, збудована з місцевих дерев, миттєво здійнялася вгору разом з ними.

Першими відчули запах горіння і вибігли на вулицю мешканці будинку культури, де церковні служительки роздавали їжу волонтерам, а потім і волонтери. Більшість волонтерів були також пожежниками, але їхні ресурси на той час були обмежені. Вони зробили все можливе, щоб врятувати церкву, але було вже запізно. Парохія ще не була охоплена вогнем, тому їм вдалося вивести священика і врятувати, як я вже казав, книжкові полиці і камін. Сім'я з трьох осіб загинула… згоріла дотла. Попіл до попелу, як то кажуть».

Джуді глибоко вдихнула, зробила ковток води, і тут у двері подзвонили. Розповідь забрала у неї багато сил, тому Август запропонував забрати піцу, але Джуді сказала, що вона повинна заплатити - вона може записати це як витрати, пов'язані з роботою - і врешті-решт пішла до дверей. Вона повернулася з гарячою і смачно пахнучою піцою, і ми накинулися на неї, не розмовляючи деякий час, окрім охань і ахань, коли насолоджувалися смачним бенкетом.

Тепер задоволена і з повними шлунками, Джуді продовжила розповідь.

«З тих пір, як кажуть, примари тієї сім'ї переслідують цей будинок. Що б люди не побачили, це так лякає їх, що вони з криком тікають звідси. І протягом багатьох років на цьому місці відбудовувалися будинки, але ніхто ніколи не жив тут протягом тривалого часу».

Було вже дуже пізно; розповідь Джуді зайняла досить багато часу.

«Чи не могла б ти перемотати вперед і перенести нас у сьогодення?» - запитав Август знову в грубій формі. попросив Август, знову більш грубо, ніж ми з ним очікували. Йому вже давно пора було спати, і в тому, що він розлютився, була не тільки його провина.

Джуді вибачилася. «Цей будинок був побудований двадцять п'ять років тому. Його купували, продавали, здавали в оренду, ремонтували - скільки можна перерахувати, але ніхто не хоче тут жити». Вона озирнулася навколо. «Так, він добре виглядає, але є в ньому щось таке. Щось, що змушує людей тікати. Особливо в цей час ночі. Я хотіла дізнатися, чи не трапляється це і з вами».

«Отже, ми твої дружні морські свинки», - сказав Август, різко відсуваючи стілець. «Давай продовжимо екскурсію. Що там нагорі?»

Я не ворухнулася.

«Ви не маєте жодного уявлення, я маю на увазі абсолютно жодного уявлення, чому люди можуть діяти в такий екстремальний спосіб? Для мене це не має жодного сенсу. Напевно, ти бачила б те, що бачили вони».

«Я ніколи не бачу», - сказала Джуді.

«Що ж, це дивно», - сказав Август.

Джуді посміхнулася. «Я знаю. І саме тому, дозвольте мені сказати, що духовні люди, такі як екстрасенси, містики, віщуни, відьми, чаклуни - ви можете назвати кого завгодно, і вони були тут - так, вони навіть вигнали це місце від стовпа до стовпа, і все одно, те, що змушує всіх бігти, включаючи все вищезгадане, все ще відбувається. Кожен з них побіг за пагорби, кричачи - і ніколи не повернувся».

«Дурниці та нісенітниці», - сказав Август.

Але чим більше вона про це говорила, тим більше мені ставало страшно і тим більше я хотів у це повірити, бо з плином часу я ставав дедалі холоднішим. Насправді, я тремтів так, ніби хтось пройшовся по моїй могилі - хоча, звісно, я не був мертвий. Поки що. Від однієї думки про це волосся на моїх руках ставало дибки.

Джуді стояла. «Тепер ви знаєте те, що знаю я. Ціна вже низька, але її ще можна обговорити. Власник хоче, щоб вона була продана і вийшла з його рук - ще вчора. Чому б вам не піднятися нагору, щоб відчути верхній поверх?»

Август сказав: «Ми могли б купити його з любов'ю, знести і реконструювати щось під наші потреби, наприклад, бунгало. Ми все одно були б на крок попереду і мали б достатньо коштів, щоб прожити до кінця життя».

З тремтячими колінами я теж стояв, міцно тримаючись за стіл. Це звучало добре, насправді занадто добре, щоб бути правдою.

Джуді сказала: «Це місце призначене для спадщини. Книжкові шафи і камін повинні залишитися недоторканими. Це не підлягає обговоренню. Насправді, я не можу прийняти вашу пропозицію, якщо ви не бажаєте записати це в письмовій формі».

Ми з Августом вийшли з кухні, немов у трансі, і опинилися на килимі, який тепер лежав перед каміном. Ревіння вогню, що випльовував і освітлював кімнату, змусило мене замислитися, чому я відчуваю ще більший холод.

«...електрика», - сказала Джуді.

Я поринув у свої думки, щоб забронювати землю, і пропустив її слова повз вуха.

«...вимкнула її. І воду теж».

Я провела рукою вздовж центральної книжкової полиці, тепер розуміючи суть речей, коли Август вийшов з кімнати. Я повернувся і пішов за ним, як і Джуді. Він зупинився внизу сходів, подивився, де ми знаходимося, а потім почав підніматися. Я вхопився за перила і теж поліз вгору. Приблизно на півдорозі перила почали хитатися, так само як і мої коліна. Здавалося, що мої ноги провалилися в дерев'яні сходи, і я відчувала себе нестійкою. Август був уже нагорі. Я помітила, що він освітлює собі шлях за допомогою додатку-ліхтарика на телефоні. Я відчула гордість, що він нарешті знайшов застосування одному з додатків, які я рекомендувала йому спробувати.

Коли я приєднався до нього на вершині, ми подивилися вниз на Джуді, яка чекала з телефоном, спрямованим перед собою - також використовуючи додаток-ліхтарик. «Мені скоро треба замикатися, - сказала вона.

«Ми ще трохи погуляємо», - сказав я, коли Август відійшов від мене до дверей у дальньому кінці коридору. Коли я йшов, товстий килим під моїми ногами здавався м'яким, так що поспішати було важко. Август відчинив двері, показавши ванну кімнату персикового кольору з раковиною, ванною, туалетом і душем. Ванна кімната була прикрашена аксесуарами - одним з тих килимків, що були розкидані навколо її основи. Стиль був не в нашому смаку, і я сказала про це, коли ми зачинили двері і перейшли до спальні, невеликої, оформленої в блакитних тонах, з машинами, що їхали по стінах, і зірками, які спалахували, коли ми направляли на них ліхтарик на стелі.

«Мені подобаються ці зорі», - сказав Август, і в ньому прокинулася дитина. Я здивувалася, що йому не сподобалися машинки на шпалерах. Може, й так, але з них двох він віддав перевагу зіркам.

«Так, давай знімемо їх і повісимо над каміном - це якщо ми його купимо», - сказала я.

Ми перейшли до іншої спальні, гостьової кімнати, повної квітів усіх видів, сортів і кольорів. Соняшники були намальовані трафаретом на зворотному боці дверей.

«Дуже по-домашньому затишно», - сказала я, коли ми пройшли далі по коридору до останньої кімнати - спальні господарів. Мені спало на думку, що в будинку такого розміру повинно бути більше трьох спалень.

Август сказав: «Ми зможемо побудувати більше кімнат на ділянці, коли перетворимо це на бунгало. Тут стільки місця втрачається даремно».

Ми подивилися на ванну кімнату, яка також була дуже застарілою, персикового кольору - хоча там стояла гідромасажна ванна, прикрашена золотими кранами та світильниками. А над нею, з великого носового вікна, відкривався панорамний вид на те, що, як ми припустили, мало бути заднім садом.

Август виліз на ванну, взявши мене за руку. Ми стояли разом; пліч-о-пліч, дивлячись вниз на сад, коли з'явилися три фігури. Ліворуч, вишикувавшись за зростом, стояв чоловік, хоча, зважаючи на його зріст, можна було подумати, що це хлопчик. Його вбрання - крислатий капелюх, полотняна сорочка з оборками, підперезана плащем, куртка до колін і штани - свідчили про протилежне. За руку чоловіка тримався хлопчик, чия куртка спадала трохи нижче пояса, а штани були роздуті на колінах, темні кучері вибивалися з-під кашкета. Замикала трійцю жінка, яка тримала дитину за руку. Вона була одягнена в товсте стьобане пальто, яке прикривало її одяг, а на голові у неї був спальний чепець - ніби вона зненацька вийшла в ніч. На повні обличчя всіх трьох фігур дивилися місяць і зорі, або ж вони були зачаровані.

«Вони справжні?» прошепотіла я, тримаючись за плече Августа, але перш ніж я встигла закінчити, три пари очей подивилися прямо на нас і одночасно закричали такими пронизливими голосами, що, мабуть, розбудили кожну собаку в окрузі. Вони троє сказали,

«Щодня ми приходимо сюди, щоб горіти».

Ми затулили вуха, коли вони повторили свою пісню сирени, а потім полум'я, що почалося біля їхніх ніг і піднімалося вгору, охопило їх, і незабаром їхні крики перетворилися на стогони, коли вони впали на землю, перетворившись на купу попелу.

Я закричав. А потім сталося те, чого не траплялося за всі роки нашого шлюбу - Август теж закричав.

Ми вилізли з ванни, збігли сходами вниз, повз Джуді і вибігли через парадні двері зі швидкістю, в яку ми, двоє старих дідуганів, ніколи б не повірили, що це можливо. Ми сіли в машину Джуді; вона сіла за кермо, коли показувала нам будинок. Коли вона сіла, то рвонула з місця, вищаючи шинами на ходу.

Коли ми від'їхали на достатню відстань від будинку, Джуді сказала: «Я підготую список інших будинків, які ви зможете подивитися завтра вранці. Ми знайдемо тобі ідеальний будинок. На ринку є багато прекрасних місць, з яких ви зможете вибрати». Вона подивилася на нас у дзеркало заднього виду.

Я все ще тремтіла і трималася за Августа.

«Не хочеш розповісти мені, що ти бачила?» запитала Джуді.

«Ти їх не чула?» запитав я.

Джуді заперечливо похитала головою.

«Повір мені, тобі пощастило», - сказав Август. «А тепер відвези нас додому. Ми залишаємося на місці».

Ми з Августом більше ніколи не говорили про будинок.

ВБИВСТВО

Я сиділа в машині - надто боялася вийти.

З-за тонованого скла мені все було видно - тож навіщо наражати себе на небезпеку? Навіщо ризикувати зараженням, коли все, чого я хотіла, - це трохи природи.

Чому б тоді не залишитися вдома, любий? Я чула твій тихий голос, який запитував мене в моїй голові. Так, ніби ти був тут, сидів на пасажирському сидінні поруч зі мною. Ти, мій покійний чоловік Джеральд - сорок два роки в шлюбі, доки його не забрав COVID. Так, мій Джеральд піддався вірусу на самому початку цього божевільного часу в нашому житті. Ще до того, як його назвали пандемією ті, хто стверджував, що вони обізнані.

Навіть коли було офіційно підтверджено, що Джеральд піддався впливу вірусу і був інфікований, він не повірив у це. Він піддався обстеженню лише тому, що я переконав його піти зі мною, знаєте, як ми говорили в наших обітницях в хворобі і в здоров'ї. Я була поруч з людиною, яка заразилася, коли працювала волонтером у продовольчому банку. Я не повинна була проходити тест, але вирішила, що краще перестрахуватися, ніж потім шкодувати, і добровільно пішла на чотирнадцятиденний карантин - принаймні, ми з Джеральдом могли бути разом.

Коли прийшли результати, у Джеральда був вірус, а мій тест виявився негативним. Оскільки ми були один в одного в кишені, то, швидше за все, у мене теж був вірус, просто він протікав безсимптомно, тож на карантин ми пішли щасливо разом, як і всі сорок п'ять років, що ми знали один одного.

Ми були готові зустріти цю штуку разом, а потім мені сказали триматися подалі від мого Джеральда, обмежити мої контакти - тримати між нами двері, носити маску, часто мити руки - ви знаєте, що робити. Я зайняла кімнату для гостей; Джеральд зайняв нашу кімнату. Ми бажали один одному доброї ночі через стіну, так само, як це робили в сім'ї Волтонів.

Однієї ночі, коли він не міг заснути, я наспівувала йому через стіну кілька приспівів пісні, під яку ми вперше танцювали в старших класах, пісні під назвою «Змусь мене зробити все, що ти хочеш» групи «A Foot in Coldwater». Я наспівувала її собі під ніс, спостерігаючи за тим, що відбувалося на вулиці. За кілька футів від мене група канадських гусей їла траву. Я трохи опустив вікно, щоб почути їхнє щебетання. Я зробила глибокий вдих, впускаючи зовнішнє повітря, але свіже повітря не завадило мені згадати наступну частину, найважчу частину, коли Джеральда забрали від мене і відвезли до лікарні. Мені не дозволили їхати з ним у машині швидкої допомоги, і він пішов під укіс так швидко, що я більше ніколи не бачила його живим.

Спочатку я подзвонила дітям. Звісно, вони вже всі виросли і мають своїх дітей. Діти, козенята. Звичайно, я маю на увазі дітей. Не знаю, коли я повернулася до загальноприйнятого опису. Можливо, тому, що Джеральда тут немає, щоб сказати мені не робити цього.

Наші діти не змогли прийти через обмеження соціального дистанціювання. Їхні райони були на стадії 2. Крім того, ризик підхопити вірус самим, ризик передати його нашим онукам не був вартий того. Ми витримали час - з допомогою доброї медсестри - але Джеральд не заговорив. На той час посмішка зникла з його очей, і я знав це.

Після поховання - крім мене на похорон ніхто не прийшов - я не знала, що з собою робити. Ще гірше стало, коли виплатили страховку. Все життя ми економили і відкладали гроші - а тепер його не стало, не було куди йти - не з пандемією, що підстерігала нас на кожному кроці - і мого Джеральда не було поруч, щоб розділити це зі мною, тож не було сенсу взагалі їхати. Стільки грошей, а я не могла пригадати жодної речі, якої б я хотіла чи потребувала, окрім Джеральда.

З наближенням осені, коли листя почало спалахувати, я незліченну кількість разів нікому не показувала на особливо приголомшливе дерево. А потім на горизонті з'явився День подяки. Зазвичай ми готували сімейне свято - зі звичайними канадськими стравами: гарбузовий пиріг, журавлинний соус, індичка, шинка, фарш, картопляне пюре, овочі та капустяний салат. Джеральд зазвичай різав птицю, а я організовувала все інше. Потім ми сідали за стіл, і всі, навіть найменші, говорили, за що вони вдячні за минулий рік. Я запам'ятав заяву маленького Кевіна, що він найбільше вдячний за «Бампу» - дідуся. Того дня очі Джеральда засвітилися, наче сонце, що вийшло з-за хмари після кількох днів дощу.

Моя дочка запропонувала мені «провести» віртуальну вечерю до Дня Подяки. Її серце було в правильному місці, але ідея була абсурдною. Сам би я приготував вечерю з індички і з'їв би її, дивлячись «День подяки» з Чарлі Брауном.

Отже, повернімося до мене, що сиджу тут, у цій проклятій машині, з піднятими тонованими вікнами, надто наляканий, щоб вийти з машини. Коли мої очі блукають пішохідною доріжкою, я помічаю Сонні та Евелін Маршалл, і перш ніж я встигаю ухилитися, вони помічають мене. Вони прямують до мене. Вони чули про смерть Джеральда і хочуть віддати йому шану, а мені вже запізно заводити машину і виїжджати з парковки.

Тепер перед машиною, в масках, Сонні стукає в моє вікно, а Евелін обходить з боку пасажира.

«Привіт», - кажу я через зачинені вікна. У мене дзвонить телефон. Я показую на нього, даючи їм зрозуміти, що мені потрібно відповісти на дзвінок, а потім дивлюся, хто телефонує - на лінії Евелін. «Знову привіт», - кажу я, коли Сонні обходить навколо моєї машини, ненадовго зупиняється, щоб подивитися на мене через лобове скло, а потім їде далі і приєднується до своєї дружини.

Евелін каже: «Ми чули про Джеральда. Нам дуже шкода, і ми просто хотіли заїхати і сказати вам це. Також сказати, що якщо вам щось знадобиться, будь-що, будь ласка, телефонуйте нам. Ми хотіли б бути поруч з вами настільки, наскільки це можливо під час цієї пандемії». Сонні обійняв дружину.

«Зі мною все гаразд», - кажу я. «Дякую за люб'язну пропозицію і за те, що заїхали». Я кладу слухавку, сподіваючись, що вони підуть геть.

Сонні щось каже, і зазвичай я знаю, що саме, бо досить добре читаю по губах, але з цими масками на обличчях будь-хто може сказати що завгодно. Вони з Евелін махають мені рукою, коли повертаються на стежку, і йдуть далі.

Я дивлюся, як вони беруться за руки, як вони стають все меншими і меншими. Коли вони відходять, чорний ворон сідає на капот моєї машини і дивиться на мене крізь тоноване скло. Я опускаю вікно і кажу: «КРИК!».

Ворона рухається до мене, розпушує пір'я і відповідає зухвалим «Кря, кря!».

Я знову опускаю вікно і дивлюся, як пташка снує по капоту моєї машини. Залишаючи сліди пташиних відбитків на моєму запиленому транспортному засобі. Я заводжу двигун і бризкаю водою на лобове скло. Птах не рухається. Я кілька разів махаю двірниками. Птах дивиться на мене, хитає головою, а потім плюхається і какає. Я сигналю і дивлюся, як він злітає, зависає, какає ще трохи, цього разу влучаючи у фару, перш ніж злетіти у бік води.

Зграя ворон називається вбивством. Коли Джеральд помер від штучного вірусу, який був випущений на нашу планету, його смерть не назвали вбивством - хоча вона, чорт забирай, мала б називатися вбивством.

Я відкриваю сумочку і дістаю маску. Протягую одну петлю через праве вухо, а другу - через ліве. Переконуюся, що вона сидить правильно, над носом, під підборіддям. Виходжу з машини на сонячне світло.

Хороша дівчинка, - воркує Джеральд, ворони утворюють коло над моєю головою, і я виходжу перед автомобілем, що рухається.

SANS MASQUE (БЕЗ МАСКИ)

Він стояв з одного боку кімнати, а вона - з іншого.

Обидва були одягнені - або переодягнені - ось як вона сприйняла його зовнішній вигляд. Відполірований - перше слово, яке спало їй на думку, але щось у ньому виглядало надто витончено. Ніби він хотів, щоб вона закохалася в нього більше, ніж вже була закохана.

Принаймні, він з'явився, хоча вона відмовилася зробити те, про що він її просив, і це була їхня перша особиста зустріч.

Вони познайомилися в додатку для знайомств. Це не заборонено законом - поки що. Згодом у них зав'язалися стосунки. Він завжди закінчував свої повідомлення емодзі з пульсуючим серцем. Вона завжди підписувалася «щиро ваша», наче закінчувала лист. Вона була новачком у застосунку для знайомств, але з огляду на суворі закони пандемії, як інакше вона збиралася з кимось познайомитися?

Трохи більше ніж через два місяці листування він запропонував їй зустрітися особисто. Вона неохоче погодилася. У певному сенсі, якщо вони ніколи не зустрінуться, вона могла б уявити, що він був таким, яким він себе виставляв. Що важливіше, вона не хотіла здаватися занадто нетерплячою чи відчайдушною.

Він доклав стільки зусиль, організувавши все, включно з місцем, куди він планував її відвезти. Спочатку вона не могла повірити своєму щастю. Поки вона чекала, поки він підтвердить деталі, її емоції переходили від захоплення до скептицизму. Невже він справді зарезервував таке ексклюзивне місце лише для них двох? Коли він написав деталі, вона засміялася, а потім відповіла смайликом. Перший у їхніх стосунках.

Після цього вона одразу ж пішла до шафи і розсунула дзеркальні дверцята. Вона перебирала вішалки, поки не знайшла свою найдорожчу сукню - ту, яку вона називала своєю шикарною сукнею. Вона назвала її так у пам'ять про свою покійну матір. Це була підробка дизайнерської моделі, яку вона придбала в Інтернеті, і її найбільша гордість у світі моди. Вона притискала її до себе, дивлячись у дзеркало і намагаючись вирішити, якими прикрасами її підкреслити: фальшивими діамантами чи перлами? Вона зупинилася на першому.

Вранці в день важливої події вона прокинулася рано, щоб перевірити свою поштову скриньку. Вона наполовину очікувала отримати смс або повідомлення про те, що йому довелося все скасувати. По правді кажучи, частина її сподівалася, що він скасує зустріч, але її поштова скринька була порожня, і жодних повідомлень не було. Вона пішла на кухню, щоб зробити собі чашку кави, а потім знову перевірила, чи він не вийшов на зв'язок. Цього разу вона навіть зазирнула у папку «Спам» - там теж було порожньо.

Протягом дня вона не давала собі спокою. Спочатку прийняла довгу парову ванну і зробила пілінг. Потім легкий обід. Знову перевірила повідомлення і, не знайшовши жодного, взялася за укладку волосся, потім зробила манікюр. Перед тим, як нанести макіяж, вона переглянула соціальні мережі. Не знайшовши жодних доказів його нещодавньої активності, вона взула свої найвищі туфлі на високих підборах - ті, що робили її ноги найдовшими. Вона завершила образ, нанісши шар червоної помади кольору яблучного цукерки, і стала перед дзеркалом. Все було ідеально.

За винятком одного: її сумочки в тон. Вона переклала туди телефон і дебетову картку, потім повернулася за помадою і тепер була готова до всього.

Щойно вона вийшла з парадного входу і надягла маску, як під'їхало таксі. Вона замовила його напередодні ввечері, щоб не запізнитися і не приїхати занадто рано. Вона хотіла, щоб час для їхньої першої зустрічі був ідеальним.

***

Він провів цілий день, перевіряючи все, як він завжди робив у таких випадках.

Він з нетерпінням чекав, коли нарешті зустрінеться з нею особисто. В Інтернеті вона здавалася більш наївною та наївною, ніж будь-хто з тих, з ким він спілкувався в чаті. Вона здавалася такою боязкою, такою нереальною, що навідріз відмовилася надіслати йому своє оголене фото. Оголеною, тобто без маски.

Перш ніж вона погодилася зустрітися з ним, йому довелося запевнити її, що він буде дотримуватися інструкцій. Ну, не просто дотримуватися, скажімо, тобто вона вимагала не менше, ніж його особистої гарантії, що вони не будуть порушені.

Коли лідери в усьому світі впали, був сформований міжнародний уряд, щоб заповнити цю прогалину. З І.Г. на чолі світ зажадав більш суворих покарань для хуліганів, які не дотримуються соціального дистанціювання. Новостворена Міжнародна асоціація боротьби з пандемією (I.P.A.) була уповноважена забезпечувати дотримання законів про соціальне дистанціювання будь-якими необхідними засобами.

Після падіння світових лідерів здійнявся шалений суспільний резонанс. Соціальні мережі були переповнені дезінформацією. Люди вимагали справедливості, вийшовши на вулиці з плакатами і знаками миру. Коли їх не вдалося змусити замовкнути, а в'язниці були переповнені вщент, публічні страти були прописані в законі.

Попри все це, йому вдалося зберегти свої гроші, і він не боявся використовувати їх, коли це працювало на його користь. Він підмастив кілька долонь, щоб забронювати приміщення, найняти персонал і гарантувати, що їх ніхто не потривожить. Він нічого не міг вдіяти з тим, що за ними спостерігало око в приміщенні. Камери відеоспостереження були всюди.

Його смокінг був зібраний і все ще був загорнутий у пластиковий чохол, в якому він їхав додому з хімчистки. Він перебував на карантині в гаражі, доки не знадобиться. Обережність ніколи не буває зайвою. Стандартний час карантину для тканин становить сорок вісім годин. Щоб перестрахуватися, його залишили в гаражі на цілий тиждень.

Коли він був повністю одягнений, останнє, що він зробив, це надягнув маску, перш ніж сісти в автомобіль. Трафік був невеликий, і припаркуватися було легко.

Він хотів, щоб все було ідеально.

Так, як він сподівався.

***

Вона вийшла з таксі на тротуар і закрила проміжок між собою та місцем проведення заходу.

На землі, на тротуарі, крейдою було написано послання, адресоване їй. Там було написано: « Кохана, йди за мною». Вона посміхнулася і пішла стежкою з сердець, викарбуваних на камінні. Час від часу її пальці шукали заспокоєння в масці, що закривала обличчя. Вона була наче ще одним шаром шкіри.

Вона увійшла у відчинені двері, слідуючи за іншими серцями, які вели її по коридору.

Нарешті вона прибула, сподіваючись, що її справжнє кохання, її споріднена душа, чекає на неї.

***

Через кімнату їхні погляди зустрілися. Вона у своїй чорній сукні без рукавів і він у своєму чорному смокінгу.

«Ти прийшла!» - сказав він сильним ствердним голосом.

«Так», - відповіла вона, затамувавши подих.

Вона сповільнила биття свого серця, вдивляючись у кімнату. Його увага до деталей була бездоганною. Стіл був накритий на двох, з найкращого фарфору, кришталю та срібла. Стіл розтягнувся на всю довжину кімнати. У центрі випромінював романтику розкішний канделябр.

«Будь ласка, сідайте», - сказав він.

Вона сіла на свій кінець, а він на свій. Перш ніж запанувала незручна тиша, він поплескав у долоні. Через двері, яких вона не помітила, з'явилися двоє офіціантів. Одягнені з ніг до голови в костюми, які не виглядали б недоречно на Місяці, вони підійшли до неї. Руками в рукавичках вони наповнили фужери шампанським, а келихи - легким ковтком.

Він клацнув столовим прибором по краю свого келиха, і вона зробила те саме. На весіллях цей ритуал колись виконувався як прохання молодят обмінятися поцілунком. Сама думка про це, викриття на людях, змушувала її здригатися. У цьому новому пандемічному світі дзенькіт означав, що ініціатор хоче виголосити тост.

«За вас», - сказав він, піднімаючи келих.

«За нас», - відповіла вона, несамовито червоніючи під маскою.

Періодично з'являлися офіціанти з тацями. Після останньої презентації «Ювілейної вишні у вогні» офіціанти вклонилися. Це означало, що вони більше не повернуться.

«Якби я міг тебе поцілувати», - сказав він, голосніше, ніж йому хотілося б, але достатньо голосно, щоб перекричати свою маску.

Ці його слова запалили її. Перш ніж вона зрозуміла, що робить, вона підвелася і послала йому поцілунок. Вона знову сіла і уявила, що поцілунок летить у повітрі через стіл, як пір'їнка.

Він зловив його, притиснув до своїх губ. «Цього недостатньо», - промурмотів він.

Вона знову відкинула стілець. Це пролунало в тиші.

Її високі підбори клацнули, коли вона перетнула підлогу. Вона спотикалася від хвилювання, пробираючись вздовж столу до нього.

Коли вона наближалася до нього, кондиціонер повіяв у його бік її солодкими, солодкими парфумами. До цього моменту він бачив лише її коралово-блакитні очі та маленькі мочки вух, під якими були закріплені ремінці маски. Його серце забилося так швидко, що він був упевнений, що воно ось-ось вискочить з грудей. Щоб заспокоїтися, він крутив обручку на пальці, роздумуючи, чи варта ця дівчина того. Чи достатньо вона для нього, щоб ризикнути порушити закон? Чи готовий він померти за неї?

«Стій!» - крикнув він, різко піднявши руку вгору, наче розлючений шкільний сторож.

Вона ще в польоті прикусила губу під маскою.

Він закріпив маску на місці.

Коли око в стіні блимнуло позаду неї, він прошепотів: «Я забув згадати, що я одружений?»

Вона продовжувала поспішати до нього, коли двері позаду нього відчинилися.

«Я забула сказати, що я з ІДІЛ?» - запитала вона, коли двоє чоловіків у скафандрах повалили його на землю електрошокером.

ДЯКУЮ!

Шановні читачі,

Дякую, що вирішили прочитати мою книгу!

Дякую також чудовим друзям, родині та команді людей, які протягом багатьох років емоційно підтримували мене та мою роботу, а також тим з вас (ви знаєте, хто ви), хто допомагав з технічними питаннями, такими як коректура, редагування та ін. Я справді не змогла б зробити це без жодного з вас.

Дякую вам усім мільйон разів!

З великою любов'ю,

Cathy

ПРО АВТОРА

Cathy McGough живе і пише в Онтаріо, Канада, з чоловіком, сином, котом і собакою.

ТАКОЖ НАПИСАНИЙ

E-Z ДІККЕНС СУПЕРГЕРОЙСЬКИЙ СЕРІАЛ ДЛЯ МОЛОДІ

FICTION: EVERYONE'S CHILD

RIBBY'S SECRET

INTERVIEWS WITH LEGENDARY WRITERS FROM EYOND

PLUS SIZE GODDESS

THREE FRIENDS

NON FICTION: 103 FUNDRAISING IDEAS FOR PARENT VOLUNTEERS WITH SCHOOLS AND TEAMS

POETRY: PAINTING WITH WORDS

PLUS A SELECTION OF CHILDREN'S BOOKS